猫と幽霊と日曜日の革命

サクラダリセット1

河野 裕

角川文庫
19925

目次

主な登場人物

浅井《あさい》ケイ《けい》　芦原橋高校一年生。一度見聞きしたことは決して忘れない。

春埼《はるき》美空《みそら》　世界を最大三日分戻す能力「リセット」を持つ少女。

中野《なかの》智樹《ともき》　ケイのクラスメイト。ケイの理解者。

村瀬《むらせ》陽香《ようか》　ケイに「死んだ猫を生き返らせてほしい」と依頼する。

津島《つしま》信太郎《しんたろう》　芦原橋高校の教師にして管理局局員。

野ノ尾《ののお》盛夏《せいか》　大宮高校一年生。猫と情報を共有できる。

非通知くん　情報屋。

皆実《みなみ》未来《みらい》　ケイのクラスメイト。U研（未確認研究会）に所属。

プロローグ

伝言が好きなの、と、女の子は言った。

少し掠《かす》れた声だった。

もう二年も前のことだ。浅井《あさい》ケイは、あの時のなにもかもを覚えていた。日づけ、時間、天気、彼女の服の色、指先の形、わずかに傾けた首の角度。瞬《まばた》きの回数だって思い出せるけれど、そんなことに意味はない。

南校舎の廊下を歩く。雨粒が窓ガラスに当たり、軽く息を吸うくらいの時間をおいて真下へと垂れていく。きっとこの雨が、彼女のことを考えさせるのだろう。単調な音の連なりは意識を内側へと向かわせる。湿った夏の空気はなんだか懐かしい匂いがして、記憶よりも先に感情を過去に引き込んでいく。——伝言が好きなの。

あの日も雨が降っていた。雨音の奥でそっと囁《ささや》くように、彼女は言った。幸せな言葉やささやかな言葉を、人から人に、たくさん伝えたい。

二年前のケイには、彼女の言いたいことが上手《うま》く理解できなかった。今なら少しだけわかるかもしれない。人に言葉を伝えるのは、きっと幸せなことだ。もしも伝えるべき言葉が、幸せなものや、ささやかなものであったなら。

ゆっくりと廊下を歩く。足音をひとつずつ、丁寧に並べるように。

記憶の中で、ケイは彼女に尋ねる。もし伝える言葉が、悲しいものなら？

彼女は答えた。――伝え方を工夫するわよ。それが伝えるべきことなら、正しい方法で、正しい言葉を使って、正しく伝える。

そうできればいいなと、ケイは思う。でも、たとえば伝えるべき言葉が、自分自身にさえ意味のわからないものだったなら？　それについては、彼女に尋ねていなかった。尋ねることができないまま、彼女は死んでしまった。

目的のドアの前で、ケイは足を止めた。職員室だ。ノックをして、ドアを開く。部屋の奥から二番目、窓からいちばん離れた席に、その教師は座っていた。癖の強い髪と眠たそうな目つき。津島信太郎《つしましんたろう》というのが、彼の名前だ。ケイの担任ではない。でも彼には数学を習っていたし、所属する部活動の顧問でもある。あるいは担任よりも親しい教師かもしれない。

彼はこちらに顔を向けて、「よう」と笑みを浮かべた。

彼の目の前まで歩み寄り、小声でケイは言った。

「伝言があります」

「へぇ、誰からだ？」

「明日の貴方《あなた》からです」

津島は手元のコーヒーカップに口をつけ、顔をしかめた。

ケイは続ける。

「マクガフィンが盗まれる、と」

伝言はそれだけだった。

これで誰かが幸せになればいいけれど、可能性は低いように思う。

1話　土曜日に始まる

1　七月一五日（土曜日）——スタート地点

グッモーニング、ケイ。

今回はお前からみれば昨日、七月一四日からお届けするぜ。おいおいため息なんてつくんじゃねぇよ。確かにオレたち、青春ど真ん中の高校一年生にとっちゃあ、昨日なんてもう忘れちまうくらい昔のことかもしれない。でもオレにしてみれば今現在、大本命で進行中なんだ。

昨日のことを、ちょっと思い出してほしい。そろそろ梅雨も明けるころだってのに、どんより曇って雨が降ってて、かったるかった昨日についてだ。ケイ、そっちの天気はどうだい？　ああ、ちょっと待て、予言させてくれ。

天気は——快晴。

どうだ、大正解だろう？　お前はなぜわかったのかと首を捻《ひね》っているかもしれない。でもなにも難しいことじゃないんだ。天気予報を調べた？　違う違う、そうじゃない。もっと単純な、世の中の真理があるだろう。靴を蹴《け》りあげたら表向きに落ちた？　あれはなかなか素敵な占いだ。どう考えたって重心がとれてる通り、表に落ちる確率の方が高いんだからな。正月のおみくじみたいなもんだ。どんな占いだって、よりたくさん幸せな結果がでるようにバランスを調整するもんさ。でも、わざわざお気に入りのスニーカーを汚さなくたって、そっちの天気はわかってたんだぜ。

昨日のことは思い出したか？　ならもう気づいただろう？　お前はひとつ、大切な約束をしたはずだ。そう、オレからみれば明日、お前にとっては今現在の七月一五日土曜日に、可愛い女の子と一緒にお茶を飲もうって約束だ。

なんとも羨《うらや》ましい話じゃないか。世界中がお前を祝福している。何もかもが、上手くいくように出来ている。当然空だって晴れ渡るさ。お前が彼女とひとつの傘で、肩を並べて歩きたいっていうんなら別だがな。

オレはお前がついうっかり寝過ごして、寝癖のついた髪で慌てて家を飛び出したりしないように、こうやってモーニングコールを入れてるわけだ。

どうだ？　最高の親友だろ？

さて、そんな訳だから、ケイ。そろそろ目を覚ましてもいいんじゃないか？

――という声が聞こえて、浅井ケイは目を覚ました。思いつく限りで、最悪の朝だった。

ケイは目覚まし時計が嫌いだ。一日の始まりは静かな方が好みだし、あの耳に障る音が騒ぎ立てるようにセットしたのは自分自身だ。八つ当たりの相手もみつからない。とはいえ、目覚まし時計にだって良い所はある。スイッチを切れば素直に鳴り止むし、そもそもセットしなければ鳴り出すこともない。もし壊れてしまって、まともに操作できなくなったところで、思い切り殴ればそれでもわめき続けることはないだろう。文明とはすべからくそうあるべきなのかもしれない。ハンマーに屈しない技術なんて、人間にとっても脅威にしかならない。

ケイは騒々しい声に顔をしかめて、もう一度掛け布団を抱きしめた。枕元の目覚まし時計はまだ沈黙を保っている。針は八時の少し手前を指していた。早朝というほどではないにせよ、休日の朝にベッドから抜け出すには納得のいかない時間だ。

ケイを悩ませている騒音は、目覚まし時計よりももう少し悪質なものだった。スイッチなんてないし、殴ることもできない。自分でセットしたわけでもない。仮に耳栓をしたところで、聞こえなくなることもないだろう。

馴染みのある声が、先ほどから騒ぎ続けている。部屋にいるのはケイひとりだ。窓の外から聞こえるわけでもないし、もちろんケイ自身が騒いでいるわけでもない。声は頭の中に、直接響いていた。

ニュアンスの違いはあるけれど、声の言う通り今日はある女性と会う約束をしている。とはいえ待ち合わせの時間は午前一〇時だ。まだ一時間は眠れただろう。もう一度目を閉じてしまおうかと思ったとき、別の声が聞こえた。女の子の声だ。やや低く、少しだけ掠《かす》れている、麻布みたいに触り心地の良い声だった。

それじゃあオレたちのアイドル、春埼《はるき》美空《みそら》の登場だ。
「ええと。ケイ、起きてますか？　明日は遅刻しないでくださいね？」
だってよ。彼女は少しでも長くお前と一緒に居たいって言ってんだ。その思いを叶《かな》え
ないわけにはいかないだろう？　だからオレもこうやって――

たしかに遅刻は良くない。先週の日曜日、春埼との待ち合わせに遅刻したことを、ケ
イも後悔していた。
両手を引き上げるようにして背筋を伸ばしてから、ベッドを抜け出し携帯電話を手に
取る。アドレス帳を呼び出して、中野《なかの》智樹《ともき》と登録してある番号に発信する。
なんとなくコール音を数えて、一四回目に相手が出た。
「なんだよ、朝っぱらから」
聞こえてきたのは、先ほどから頭の中で騒ぎ続けているものと同じ声だった。けれど
起きたばかりなのだろう、少し元気がない。
「安眠妨害の仕返し」
それだけ答えて、ケイは電話を切った。冷蔵庫からペットボトルのウーロン茶を取り
出し、一気に飲み干してからカーテンを開ける。
空はよく晴れていた。セミがジォジォと鳴いている。それに重なって、騒々しい智樹

の声と、それを止めようとする春埼の声が聞こえる。

ケイは少し早めに部屋を出ることに決めた。

＊

咲良田《さくらだ》は日本の片隅にある街で、太平洋に面していて、なんとか市を名乗ってもいいくらいの数の人々が生活していて、そのおよそ半数が特殊な能力を持っている。能力は千差万別で、大抵は物理法則に反していて、一応公的には秘匿したいらしいけれど人数が人数だけに誰も知らない秘密というわけにはいかない。要するに咲良田は超能力者たちの街だということを、住民はみんな受け入れていた。

そんなことを春埼美空が考えたのは、咲良田の朝があまりに普通だったからだ。春埼は咲良田以外の街を知らない。だから他所《よそ》と比べてどうとはいえないけれど、少なくとも視界に入る街並みは、能力のことなんか簡単に忘れてしまうくらい凡庸でありきたりな休日の風景を保っている。

能力を持つ人々が咲良田に留《とど》まっているのには理由がある。とても単純な理由が。咲良田の外に出ると、誰も彼もが能力のことを忘れてしまうのだ。使えることを知らない能力なんて、存在しないのと変わらない。実際にこの街から外に引っ越す人もいるけれど、外で能力が使われたなんて話は聞かない。能力は、あくまで咲良田の中だけに留まっている。持ち出すことは誰にもできない。

能力の大半はくだらないものだ。たとえば中野智樹のように、相手と時間を指定して言葉を届けられるなど。でも中には危険なものもあるし、一見安全な能力でも使い方次第では悪用できる。悪用できる力はなんであれ、公的な機関が取り締まることになる。咲良田には管理局と呼ばれる組織があり、そこが主に咲良田に暮らす人々の特殊な能力を管理し、問題を処理していた。

管理局は上手《うま》く機能している。少なくとも、表面的には。どこからも苦情がこないわけではないけれど、人々が団結して抗議するような事態も起きていない。ニュースや新聞を賑《にぎ》わした記憶も、春埼にはなかった。公的機関としては充分に優秀だろう。

そんなわけで、七月一五日午前九時三〇分の咲良田は平和だった。春埼はいつの間にか鼻歌を歌っていたことに気づく。たぶん私は機嫌が良いのだろう、と思った。

土曜日の比較的早い時間だからだろう、大通りには人も車も少ない。昨夜まで降っていた雨はもう上がり、今はすっきりと整理された青空が広がっている。日の光は強いけれど、まだ地面が焼けていないからか、それほど熱気が強いわけでもない。気持ちの良い夏の日だ。

とはいえ不安なこともいくつかある。たとえば昨日、中野智樹に頼んでケイに伝言を送ってもらったが、やはりやりすぎだったように思う。ケイは怒っているだろうか。わからないけれど、少なくとも彼が怒りを表に出すことはないだろう。ひどい話だ。傍《はた》からみて変化がなければ、いつまで経っても彼は不機嫌かもしれないと考え続けることになる。

春埼はうっかり水たまりを踏んでしまわないように、ゆっくりと慎重に歩いた。待ち合わせの時間には余裕がある。でも周囲の店の半数ほどはまだシャッターを下ろしていて、寄り道しようという気にもならなかった。

目的の喫茶店の前で時間を確認してから、そっと店内に入る。古風だがドアを開ける時にいちいちベルが鳴ったりしない喫茶店だ。おそらくはそれが、ケイが好んでこの店を利用する理由のひとつだろう。

店内に客の姿は少なかった。カウンターの隅で、新聞を読んでいる男性がいる。頬杖《ほおづえ》をついて、腕から外した時計をみつめている女性がいる。そしてこちらに背を向けて、四人掛けのテーブルにひとりで座る青年。浅井ケイだ。モーニングセットのトーストにバターを塗っている。

後ろに忍び寄って、目隠ししてみようかと思った。なんだかいかにも休日の待ち合わせっぽくて楽しいような気がした。けれどそれを実行するよりも先に、ケイは顔を上げてこちらをみた。

少し残念だ。でも、顔をしかめるようなことでもない。春埼は彼に歩み寄って控え目に声をかける。

「おはようございます」

彼は軽くほほ笑んで、「おはよう」と返す。ノックしてから扉を開くような、定型として完成している一連の流れだ。

春埼は彼の、左隣の席に座る。そこが春埼の定位置だった。ケイはトーストを一口かじり、飲み込んでから口を開く。

「晴れてよかった」

春埼はいつも眠そうなアルバイトの店員に、アイスコーヒーを注文してから答えた。

「本当ですか？」

素直に頷《うなず》かないことに、なにか理由があるわけでもない。強いていうなら彼の好みに合わせているのだと思う。なるたけあっさりした口調も、短く切った髪も、Tシャツにジーンズパンツという服装も。

ケイは口の隅だけを歪《ゆが》める、独特な笑みを浮かべる。

「本当に。智樹によると、どうやら世界は僕たちを祝福してくれているらしい」

ああ、確かに昨日、中野智樹はそんなことを言っていた。今朝ケイに伝わったはずのメッセージだ。

「ごめんなさい。うるさかったでしょう？」

ケイは曖昧《あいまい》に首を傾げる。

「あれは嫌な能力だね。ちょっと対抗する手段が思いつかない。たしか強度はAランクでしょう？」

能力は様々な視点から評価される。強度は他の能力と影響しあったときの強さを表す評価方法だ。たとえば一方が破壊する能力を、もう一方が守る能力を使用した場合、強度が強い方の能力が結果を現す。管理局はそうやって、多彩な能力を少しでも定義づけようとする。とはいえ、それが上手くいっているとも思えなかった。

Aランクは実質的な最高評価だ。他のAランクの能力に打ち勝つ能力を例外的にSランクと設定することもあるけれど、そこに明確な基準はない。結局のところ相性の問題で、Sランクの能力だって、Aランクの能力に敗れることがある。もっといえばジャンケンみたいに、組み合わせで勝ったり負けたりが変化して、順列をつけられないものもある。法則なんて存在しない能力になんとか法則をみつけ出そうと悪戦苦闘するのも、管理局の仕事のひとつなのかもしれない。

「でも中野くんの能力は、声を届けるだけです。あまり害はないですよね？」

「どうかな。たとえば五秒間の騒音なら、一時間で七二〇回分送信できる。それを五分おきに届くように設定すれば、相手は六〇時間も騒音に悩まされることになる。たぶんあんまり健康によくない」

答えながら、ケイはトーストを口に運ぶ。その、盛り上がるほどたっぷりとバターを塗ったトーストも、あまり健康に良さそうではなかった。指摘したところで彼が改めるとも思えないから、気にしないことにするけれど。

「あの能力は、そんなに繰り返し使えるんですか？」

能力には大抵、なにかしらの制限がある。使用回数や、使用できる状況、あるいはまったく別のなにか。制限がない能力というのは、少なくとも春埼は聞いたことがなかった。中野智樹の能力にだって、なにか制限があるはずだ。

「わからないけどどね。でも、そんなことができるかもしれない。できるだけ智樹を怒らせたくないよ」

言って、ケイはコーヒーカップに口をつけた。それでも私たちの能力ならいくらでも対抗できるはずだ――と、反論したかったが、小さく頷くだけに留める。彼の答えはなんとなく予想がついたし、あまり楽しい会話になりそうではない。

春埼は代わりの話題を探した。とびきりくだらないものを。

「そういえば、風鈴を買ったんです。猫形のものをみつけたので」

春埼は猫に関連する小物を集めている。持ち歩いているものは、携帯電話につけた黒猫のキーホルダーだけだが、押入れの中はコレクションでいっぱいだ。猫グッズ収集の難点は、あまりに簡単に商品がみつかることにある。

「いいね、風鈴。もうずいぶんあの音を聞いていないような気がする」

ケイは少しだけ目を閉じて、すぐに開いた。

「うん。最後に聞いたのは二年前だね。ちょっと懐かしい」

「じゃあ、貸してあげましょうか？　猫形じゃないのも持ってますよ」

「どうだろ。たまに思いがけなく聞こえてくる風鈴の音が、僕は好きだな。虹《にじ》をみつけるのに似ていて、嬉《うれ》しくなる」

「いつでも虹が見られる道具があったら素敵じゃないですか？　遊園地に設置されていたら、一度は行ってみたいです」

「たしかに、一度くらいは行ってみたい。でも、いつも決まった場所にある虹は、少し違う気がするな。知らないあいだに、見上げないと視界に入らないところに架かっているのを、たまたまみつけるのがいい」

よくわからないけれど、そんなものかもしれない。でも。春埼は運ばれてきたアイスコーヒーを受け取り、ミルクをたっぷり入れた。シロップは使わない。

「誰にも気づかれないで消える虹は、ちょっと悲しいです」

誰の耳にも入らない風鈴の音も、引き出しの奥で時を刻み続ける時計も、注目されないところで回り続ける看板も。評価されない仕事は少しだけ悲しい。

「考え方次第だけどね。虹はひとりで、自分の美しさに酔いしれてるのかもしれない」

ケイは笑ってそう答えて、コーヒーカップを手に取った。

2

　ドアが開く音が聞こえて、浅井ケイは店内の時計を確認した。九時五五分。きっちり約束の時間の五分前だった。

　ケイは立ち上がり、入口に向き直る。隣で春埼も席を立つ。ドアを押し開けて店内に入ってきたのは、赤い眼鏡をかけた少女だった。

　彼女は真剣な表情で店内を見回してから、こちらに歩み寄る。

「村瀬《むらせ》さんですか？」

　尋ねると、彼女は少しだけ眉《まゆ》をひそめて頷いた。警戒しているのか、緊張しているのかわからないけれど、表情が硬い。ケイは意識して柔らかく微笑む。

「初めまして、浅井ケイです。彼女は、春埼美空」

　それにあわせて、少女──村瀬陽香《ようか》も笑おうとしたようだった。やはり表情は硬いけれど、少しだけ頬が持ち上がる。一方でレンズの奥の眼差《まなざ》しは睨《にら》みつけるように強い。ケイはその視線の意味について、つい考え込みそうになったけれど、あまり第一印象を強く持つのもよくないだろう。微笑むことに集中する。

　彼女は意図的に抑えつけたような声で言った。

「村瀬陽香です。津島さんから紹介を受けてきました」

　津島信太郎は、ケイの通う学校──芦原橋《あしはらばし》高校の教師だ。そして同時に、管理局の局員でもある。この街の学校には彼のような教師が必ずひとりはいる。保健室に専門の資格を持った先生がいるように。学校でも能力に関する問題は起こり得るのだから、備えないわけにはいかない。

　ケイと春埼も津島に指示されて、村瀬に会いにきた。でも彼女のことは、名前と年齢くらいしか聞いていない。たしかケイたちよりもひとつ年上。だから高校生だろうと思うけれど、どの学校に通っているのかも知らない。

　村瀬は口早につぶやいた。

「ごめんなさい、こういうのは慣れてなくって」

　ケイは笑って答える。

「実は、僕たちもなんです」

　津島以外の人から依頼の内容を聞くことは、あまりない。

　とりあえず座りましょう、とケイは言った。なんとなく座ったまま挨拶《あいさつ》するのも態度が悪いかと思って立ち上がってみたけれど、席に戻るタイミングがわからなくて困っていたのだ。

　店員が注文を取りにきて、村瀬は「コーヒー」とだけ告げた。ついでにケイは、アイスクリームを注文する。

　店員が立ち去ってから、村瀬は小さな声で言った。

「浅井さんは、高校生ですよね？」

「ええ。一年生です」

「どうして管理局の仕事を手伝っているんですか？」

尋ねられ、ケイは曖昧《あいまい》に笑った。

「そういうクラブに入っているからです」

「奉仕クラブ」

「はい」

芦原橋高校奉仕クラブ。奉仕クラブと呼ばれる部活動は、咲良田内のすべての学校にある。そして管理局員を兼ねる教師が顧問につく。

管理局は特殊な能力の持ち主を監視する。いや、特殊ではない能力なんてありはしないけれど、中でも特別に危険だとみなされた能力は管理局から強い監視を受ける。

奉仕クラブに入るのは、その監視を少しだけ和らげる方法のひとつだった。管理局は顧問の教師を通じて部員の能力に応じた仕事を与え、その経過について詳細な報告を求める。部員たちはテンプレートに従った報告書を提出することで、通常管理される上で必要な手順のいくつかを省き、ある程度の自由を得る。

「あんまり、気持ちのいい名前ではありませんね」

と村瀬は言った。

「名前?」

「ほら、奉仕クラブって」

「そうですか?　僕は好きです」

ケイがそう答えて、会話が途切れる。彼女は次の言葉を探しているようだった。ケイは少し時間をおいてから、尋ねた。

「事情を説明していただけますか？　僕たちはなにをすればいいんでしょう？」

「なにも連絡がいってないの？」

小さいが不機嫌だとわかる、強い声だ。彼女は「連絡がいっていないんですか？」と言い直す。敬語で喋《しゃべ》ることにあまり慣れていないのだろう。

依頼内容は、ごく簡単に説明を受けている。

「迷子になった猫の捜索、とうかがっています。でも、それならもっと適任がいるはずですよ」

「貴方《あなた》たちは、捜し物のエキスパートだと聞きました」

つい最近失くしたものであれば、そうかもしれない。

「猫がいなくなったのはいつですか？」

「一週間ほど前です」

それでは遅すぎる。いなくなったのが三日前の正午以降なら、なんの問題もなかったのに。

村瀬は軽くまぶたを落として、暗い表情で続ける。

「でもその猫を捜しているわけじゃないんです。猫は昨日の朝にみつかりました。近所の道端で、私がみつけました」

「なら、僕たちはなにをすればいいんでしょう？」

「私がみつけたとき、その猫は冷たくなっていました」

嫌いな表現だ。――冷たくなっていた。

「交通事故ですか？」

「はい」

おおよそ、依頼の内容がわかった。どうして津島がそれを「猫の捜索」と表現したのかも理解する。

村瀬に視線を戻すと、彼女もまた、こちらをみていた。相変わらずの睨みつけるような目だ。その瞳《ひとみ》が、席についてから少しも変わっていないことに気づく。表情は感情的に変化するけれど、彼女の目だけはじっと、まっすぐに前をみている。うつむくことも見上げることもない、虹をみつけられない目だ。

強い口調で、村瀬は言った。

「依頼の内容は、死んだ猫を生き返らせることです」

とても難しい依頼だ。ケイが知る限り、死者を生き返らせる能力は、咲良田には存在しない。人間であれ、猫であれ。とはいえ、確かにこれは、ケイと春埼に向いた依頼でもあった。

「わかりました」

「できるんですか？」

「いいえ。でも、死ななかったことにならできます」

「本当に？」

村瀬は笑わなかった。安堵《あんど》の表情もみせなかった。ただ、やっぱり切実な目つきで、挑むようにこちらを睨んでいた。

彼女の質問には答えずに、ケイは尋ねる。

「どうして貴女《あなた》は、その猫を助けたいんですか？」

「飼っていた猫を取り戻したいだけです。いけませんか？」

「いえ。もちろん充分です」

初めから、津島を通している依頼を拒否するつもりはない。

隣の春埼に視線を向ける。彼女は村瀬の話になんの興味も持っていない様子で、携帯電話についた黒猫のキーホルダーをいじっていた。いつものことだ。こういったやり取りはすべてケイが担当している。

ついため息をつきそうになるけれど、それは呑《の》み込む。また村瀬に向き直り、意識して真剣な表情を作った。

「貴女はその猫のために、世界を三日間殺す覚悟がありますか？」

この質問に意味はない。ケイの自己満足でしかない。どうせ彼女は、すぐにこんな会話なんて忘れてしまう。

村瀬は眉をひそめる。

「どういう意味ですか？」

「貴女の猫のために、今日と昨日と一昨日《おととい》が、なかったことになるかもしれない。世界中すべての人に、もう一度三日前からやり直させる覚悟がありますか？」

村瀬はしばらく考え込んでいる様子だった。そのあいだに店員がコーヒーとアイスクリームを運んできた。

その店員が歩み去るのを待ってから、村瀬は短く答える。

「あります」

ケイは一口、アイスを食べる。

「では、その猫について教えてください」

猫は元々野良だったという。半年ほど前に、村瀬陽香が拾った。当時は子猫だったけれど、すぐに大きくなった。雑種でオス。名前はミケ。

村瀬は携帯でその猫の写真を撮っていた。メールアドレスを交換して、送信してもらう。汚れたような灰色の毛と曲がったしっぽの、青い目をした猫が、電柱の陰で餌を食べている。あまり人懐っこい様子はないが、それもまた魅力的な猫だった。彼は昨日の朝、近所の商店街で車にひかれて死んだ。村瀬がその遺体をみつけたのは、九時一五分ごろ。パン屋の前だった。

ひと通り説明を済ませてしまうと、彼女は「よろしくお願いします」と頭を下げて席を立った。あとには一度も口をつけられなかったホットコーヒーだけが残された。

「どうするんですか？」

と春埼がこちらを見上げる。

ケイはずいぶん柔らかくなったアイスクリームをすくいながら答える。

「もちろん、猫を助けるよ。正式な依頼だし、僕だって猫は好きだ。断る理由はひとつもない」

上手《うま》くいけば猫が生き返り、あのまっすぐな目をした少女も喜ぶだろう。芦原橋高校奉仕クラブの実績だって上がるし、もしかしたら部費も増えるかもしれない。奉仕クラブにおける部費は、言ってみればアルバイト料のようなものだ。領収書を切ることさえ忘れなければ、ある程度は自由に使うことができる。

春埼は音をたててアイスコーヒーを飲み切って、それから言った。

「でもこの依頼、なんだかおかしくないですか？」

「どこが変だと思う？」

「まず依頼の目的。その猫が能力のせいで死んだわけじゃなければ、たぶん管理局は関わりませんよね？」

「その通りだね」

管理局が動くのは、能力によって問題が起こった場合に限られる。その他の問題にまでいちいち手を出していては、収拾がつかなくなってしまう。

「それに、事故から依頼までが速すぎます」

「うん。僕もそう思う」

津島から村瀬に会うよう指示を受けたのは、昨日の昼休みだった。話によると、事故に遭った猫をみつけたのが昨日の朝。ほんの数時間で管理局に連絡を取り、管理局が許可を出して、津島に指示がいったことになる。ちょっと不自然に速い。

「それで、どうするんですか？」

と、春埼はもう一度尋ねた。

「もちろん猫を助ける」

と、ケイはもう一度答えた。正式な依頼だし——とは続けない。もしかしたらこれは正式な依頼ではないのかもしれない。そもそも村瀬は管理局なんかに連絡せずに、津島に相談したのかもしれない。彼女が芦原橋高校の生徒だったなら、津島と面識があってもおかしくない。ケイだって全校生徒の名前をすべて把握しているわけではない。

もし津島がプライベートで受けた依頼だったなら、春埼が指摘した部分の違和感はなくなる。そもそも管理局は関わっていないし、時間だって妥当なところだ。

本心では、他にもいくつか、気になることはある。とはいえ世の中、初めからなにもかもがすっきりわかっているものでもないだろう。それにケイは「猫を助けて欲しい」という依頼が気に入っていた。とても良い。

春埼は軽く頷《うなず》いた。感情を感じさせない動作だった。それから、言った。

「じゃあ今夜、お祭りにいきましょう」

唐突に話題を変えるのは以前のケイの癖で、今は春埼に受け継がれている。

「お祭り？」

そういえばそんな時期だ。七月の半ばにお祭りがあって、それから夏休みが始まる。咲良田の夏はそういう風に進んでいく。

「いいよ。今夜なら、大丈夫だと思う」

今回の依頼に関しては、もう片がついているはずだ。なんといっても問題は、昨日死んだ猫なのだから。

春埼は無邪気な笑顔を浮かべる。

「それなら手早く猫を助けましょう」

「うん。まずは情報を集めよう」

タイムリミットは昨日の朝。少なくとも九時一五分には、猫は事故に遭っている。その時間は、ケイの体感では二日後に来るはずだった。それまでに猫をみつけだしてしまいたい。

春埼が首を傾げる。

「情報なら索引さん？」

「いや、今回は非通知くんかな。索引さんを頼ると、必要以上に話が大ごとになっちゃうかもしれない」

アイスクリームの最後の一欠片《かけら》を口に含んで、ケイは席を立った。

3

喫茶店を出てすぐに、ケイと春埼は二手にわかれた。春埼には、事故現場の正面にあるパン屋に向かってもらうことにした。彼女は初対面の相手と積極的に会話をするタイプではないけれど、特別に人見知りというわけでもない。問題はないだろう。

彼女を見送って、ケイは商店街の片隅にある公衆電話に向かった。電話ボックスにも入っていない、存在を知らなければ見落としてしまいそうな公衆電話だ。受話器を手にとり、コインを投入した。記憶通りに番号を押す。

声はすぐに聞こえてきた。

「お掛けになった電話番号は、現在使われておりません。番号をお確かめになって――」

受話器を置いて、転げ出てきたコインを再び投入する。そして同じ番号にコールする。

「お掛けになった電話番号は、現在使われておりません」

何度も何度も、繰り返す。

「お掛けになった電話番号は――」「われておりません。番号をお確かめに――」「け直し下さい。お掛けに――」「番号は、現在使われて――」「をお確かめになって、お掛け直し下さい」

女性の静かな声が、呆《あき》れたように繰り返す。

ケイは機械的に同じ手順を続ける。やがて、

「お掛けになった、電話番号は」

受話器の向こうの声が変わった。いや、声は同じ無機質なものだ。でも息を継ぐタイミングが変化している。

「現在使われて――」

ケイは口を開いた。

「浅井です。知りたいことがあります」

番号をお確かめになって――という声に、短く電子音が重なる。短く三つ。ピ、ポ、パ。そして、

「お掛け直しくだ――久し振りだね、ケイ」

受話器から聞こえる声が反応した。声の質は変わらず、無機質な女性のままで。ケイは電話の向こうには聞こえないように注意して、小さなため息をついた。

「このシステム、もうやめませんか？」

というか、その声で喋《しゃべ》るのをやめてほしい。最近ようやく慣れてきたけれど、初めは妙に気持ち悪かった。

「嫌だよ。声紋とかでボクの正体がバレちゃったらどうするのさ」

「いいじゃないですか。友達ができるかもしれませんよ」

「うあ、ボクってトモダチいない奴だって思われてるんだ。ショックだな」

正直、非通知くんには友達どころかまともな顔見知りもいないだろうと思っている。とはいえたまに電話でやりとりをするだけの相手だ。もし友達が一〇〇人いたとしても、不思議ではないけれど。

「友達、いるんですか？」

「いるよ。君と津島さんのことなんだけど」

「その件に関しては、またいずれ話し合いましょう」

「ひどいなぁ。ボクはこんなにフレンドリーなのに」

その声で軽口を叩《たた》かれても気持ちが悪いだけだ。

電話の向こうにいるのが何者なのか、ケイは知らない。顔も本名も、性別だってわからない。「非通知くん」という通称も、どうやら津島が勝手に使い始めたものらしい。わかっているのは、彼――もしくは彼女――がありとあらゆる情報をかき集めていて、条件次第でそれを譲ってもらえることだけだ。

「で、今日は猫捜しだっけ？」

「ええ。そうです」

おそらく津島から聞いていたのだろう。彼はあまり意味のない根回しをするのが好きだ。黒幕的な存在に憧《あこが》れているのかもしれない。

「猫に関する専門家を紹介しよう。料金は情報ならそこそこのを二つ、物ならまっ白なシーツとTシャツを三枚ずつ」

「どちらでもいいので、津島先生に請求してください」

「それは拒否しろって津島が言ってたけど？」

「じゃあシーツと、Tシャツの方で」

後でこちらから津島に請求しよう。

「了解。受け取った」

これで銀行の口座から、シーツとTシャツの代金が引き落とされることになる。暗証番号の入力さえ必要ないのは問題じゃないかと思うけれど、非通知くんも管理局の関係者なので一定の信頼を置いている。ケイは話を進めた。

「猫に関する専門家というのは？」

「野ノ尾《ののお》盛夏《せいか》、高校一年生。君と同じ歳だけど、学校は違うね。能力は情報の共有。ちょっとだけ君に似た能力かな？　ただし、対象は猫に限られる。たぶん咲良田でもっとも猫に詳しくて、もっとも猫を愛している」

なるほど、都合のいい人だ。

「どこに行けば会えるんですか？」

「たぶん休日なら、花見崎《かみさき》の神社じゃないかな？　よく猫と昼寝してるらしい」

花見崎神社。今夜、春埼と行く約束をしている祭りが行われる神社だ。

なんだか楽しげに、非通知くんが続ける。

「もう少し情報をサービスしようか？」

「もらえるならなんでも」

「オーケイ、なんといっても友達だからね。野ノ尾さんは大宮《おおみや》高校に通っていて、放課後は基本的に神社で過ごす。授業への出席率は高くないけれど、進級に影響が出るほどじゃない。幼いころの人間関係の影響で、あまり少女らしくない喋り方をする。高校生になってもそれが矯正されていないっていうのは、つまり同年代との関係性が希薄ってことだろうね」

「なるほど。参考になります」

「住所まで喋ると、さすがに法に触れるよね？」

それは知っているだけで問題のような気もするけれど。学校まで教えてもらえれば、会うことは難しくないはずだ。

「それだけで充分です。ありがとうございます」

「ん。ところで、ケイ。ひとつ聞きたいことがあるんだけど」

「なんです？」

「君、マクガフィンって知ってる？」

マクガフィン。聞いたことはある。二週間ほど前、津島から伝言を依頼された。意味のわからない伝言だ。――マクガフィンが盗まれる。

「僕よりも津島先生の方が詳しいと思いますよ」

「そうできないから困ってる。実はさ、これに関しては、君に尋ねるなって言われててね。ちょっと気になってる」

「なら訊《き》かないでくださいよ」

「わざわざ訊くなって言われたんだよ？　尋ねるのが礼儀でしょ」

よくわからない理屈だが、一方で、納得できないでもなかった。本当に触れられたくないのなら、津島もわざわざ名前を出さないだろう。

マクガフィン。確かに、少し気になる。

「貴方《あなた》は知らないんですか？」

「辞書的な意味と、都市伝説的な話なら知ってる。でも詳細は不明。まぁいいや」

じゃあね、と言って、通信が切れた。受話器を置くと、投入していたコインが転がり落ちてくる。非通知くんが着信課金に登録しているわけではないのなら、違法行為になるだろう。

なんとなく気まずさを感じ、ケイはそのコインを返金口に残したままにしてパン屋に向かった。言い訳は大切だ。

春埼はもう聞き込みを終えていた。おそらく付き合いで買ったのだろう、パン屋の紙袋を抱えている。中身はすべてクリームパンらしい。

「ひとつ、どうぞ」

彼女が差し出したクリームパンを受け取り、かみつく。やたらと存在感のある、重たいカスタードクリームが入っていた。甘い。悪くない。甘いものは好きだ。

飲み込んでから、口を開く。

「どうだった？」

「猫も事故も、店員はみていないようです。でも、車のブレーキ音を聞いたような気がする、と。詳しい時間はわからないけれど、おそらく午前八時から九時のあいだだと言っていました」

「なるほど」

ケイは頷《うなず》く。村瀬が猫をみつけたのは、九時一五分ごろだった。タイムテーブルに矛盾はない。

「次は、どうしますか？」

「非通知くんに猫好きの女の子について聞いてきた。なんだか便利な能力を持っているみたいだよ」

ケイは携帯電話の時刻表示を確認した。一一時二二分。あまり時間はないが、できれば「今日」のうちに、野ノ尾盛夏に会いたい。彼女がよく訪れるという神社を目指すことに決めた。

春埼と並んで商店街を抜ける。彼女が興味を示したので、道すがら非通知くんとのやり取りをかいつまんで説明した。春埼はひと通り話を聞き終えてから、ケイの顔を見上げるように首を傾げた。

「マクガフィンって、なんですか？」

「さぁ、なんだろうね」

マクガフィン。たぶん猫捜しには関係がないと思うけれど。

「ケイも知らないんですか？」

「ちょっと説明が難しいんだけどね、それはわからないものなんだよ」

以前、本で読んだ一節がある。

ケイは、たとえば、と前置きしてから続けた。

「マクガフィンは、スコットランドでライオンを捕まえるための道具だ」

「スコットランド？」

唐突な話ですね、と春埼は言った。

ケイは頷く。

「でも、スコットランドにライオンはいないんだよ」

彼女の形の良い眉《まゆ》が、眉間《みけん》に寄って少し歪《ゆが》んだ。

「なにかのクイズですか？」

「そんなに真っ当なものじゃないよ。マクガフィンっていうのは、問題を発生させるための装置なんだ。それ以外の意味はない」

春埼は数秒間、考え込んだようだった。でもすぐに諦《あきら》めたのだろう、いつも通りの淡泊な口調で「よくわかりません」と告げた。確かに、説明の順序が悪い。ケイは改めて説明する。

「マクガフィンっていうのは、映画や演劇なんかで使われる用語だよ。主人公が物語に関係するきっかけとなるアイテム——押しつけられた謎のアタッシェケースだとか、意味のわからない手紙だとか、そんなものがマクガフィンって呼ばれる」

「どうしてそれが、スコットランドのライオン捕獲器になるんです？」

「そんな話があるんだよ。ヒッチコックが作った」

あの棚の上の荷物はなんだ？

マクガフィンさ。

マクガフィン？

スコットランドでライオンを捕まえる道具だよ。

スコットランドに、ライオンはいないだろ。

なら、あれはマクガフィンじゃないな。

「意味がわからない。そもそも、初めから意味なんてない言葉なんだ、マクガフィンっていうのは」

マクガフィンとは、いってみれば代名詞だ。それはマクガフィンと呼ばれているだけで、本来はなにか別の、アタッシェケースなんかの実体があるべき言葉。

マクガフィンが盗まれる。本来、こんな言葉は成り立たない。物語の作者がストーリーを考えている場面でもなければ。

「きっとマクガフィンという言葉には、僕が知らない意味があるんだろうね」

その意味を知れば、物語の主人公になれるのだろうか。いったいどんな物語の？　想像もつかない。

話し込んでいるあいだに、ふたりは目的の神社のほど近くまでたどり着いていた。今夜の祭りに備えて、通りの両脇にはもう屋台が並び始めている。たこ焼き、わたがし、金魚すくい。大半はまだ準備中だが、もう営業を始めている屋台もぽつりぽつりとみつかる。それを目当てにしてか、普段よりは通行人も多いようだ。

「お祭りにくるのは、夜の予定でした」

隣で春埼がぼやく。

彼女は表情に乏しいけれど、今は少しだけ不満げだった。きっと意図してそんな表情を作っているのだろう。

「夜にも来ようよ。あ、りんごあめ買ってあげようか？」

「いえ。昼間から食べるのは、勿体《もったい》ないです」

「いつ食べてもりんごあめの味は変わらないよ」

「そんなことないですよ。りんごあめは夜、お祭りの明かりの中で食べるからおいしいんです。昼間からわざわざ食べるものじゃないです」

たしかに屋台に並ぶ商品の価値は、半分くらい雰囲気にあるのかもしれない。それがきっと、りんごあめがスーパーには並んでいない理由だ。ケイもベビーカステラは夜の楽しみにとっておくことに決めた。

その通りだねと頷くと、春埼が微笑む。

「という風なことを、去年ケイが言っていました」

うん、確かに。言った記憶がある。

「それでも買ってくれるなら、私はりんごあめをいただきます」

「やっぱり夜にしよう。時間がないし、ほら、まだクリームパンが残ってる」

とはいえ今夜というのは、ケイの体感ではずいぶん先のことになりそうだ。

ふたり、両側の屋台を眺めながら足早に進み、神社へ続く石段を上る。ここにくるのはずいぶん久しぶりだった。たぶん一年くらい。実は正確な数字を思い出していたけれど、そんなものに意味はない。

境内は、石段の下に比べればまだ落ち着いていた。屋台を覗《のぞ》く客はいても、参拝に訪れる時間ではないのだろう。それでも祭りの準備のためか、記憶の中の神社よりずっと活気がある。もちろん猫と昼寝する女の子なんてみつからない。

「今日は来てないいんじゃないですか？」

「そうかもしれない」

「もう少し、捜してみますか？」

「うん」

春埼の言葉に曖昧《あいまい》に頷きながら、辺りを見渡す。と、三毛猫がいた。

そちらに歩み寄る。猫は留《とど》まるか逃げ出すべきか迷っている様子だった。決断が下るよりも先に、ケイは口を開く。

「すみません。野ノ尾さんに会いたいんです」

高校生になって猫に話しかけるというのは恥ずかしいものだけど、野ノ尾盛夏の能力は猫と情報を共有することだと聞いている。もしかしたらこの猫を通して、言葉が野ノ尾に伝わるかもしれない。

しかし猫は、興味もなさそうに歩き出す。無意味だった？　まだわからない。ケイはその背中に、さらに呼びかける。

「昨日、事故に遭った猫のことを伺いたいんです。商店街のパン屋の前で亡くなった猫です。もしかしたら僕たちは、その猫を助けられるかもしれません」

三毛猫は足を止め、じっとケイの顔をみた。考えの読めない瞳《ひとみ》だ。猫にみつめられるとなんだか、訳もなく断罪されているような気持ちになる。

「お願いします」

頭を下げると、三毛猫はケイの足元に寄ってきた。そこに座り込み、前足で二回、ちょんちょんとズボンの裾《すそ》を引っ掻《か》く。そしてすぐに背を向け、社殿の方へ歩いていく。

春埼が言った。

「ついてこい、ということでしょうか？」

「だといいね。恥ずかしい思いをした甲斐《かい》があった」

三毛猫はこちらを確認もせずに、ずんずんと歩く。ケイたちもその後を追う。携帯電話で時刻を確認した。一二時四六分。ぎりぎりだ。

猫は社殿の裏に回る。裏は山に面している。そこには朽ちた墓石みたいな、幅が狭くて物静かな階段があった。ずいぶん古いものなのだろう、石は陽に焼けて白く、角は自然に削れて丸くなっている。

猫は石段を上っていく。ケイたちはその後を追う。セミが鳴き、木漏れ日が揺れる。やがて石段が途切れ、雑草が生えた坂道になる。靴底の感触が変わった。瑞々《みずみず》しい夏草は柔らかで、少しだけ罪悪感を刺激する。

ふいに、三毛猫が駆け出した。先には小さな社があった。辺りを何匹もの猫が取り囲んでいる。

その中心――社の手前にあるほんの数段の階段に、少女が座っている。少女は目を閉じている。肌が白い。まぶたも白い。

「野ノ尾さん？」

声をかけると、彼女はゆっくりと目を開いた。そして、

「おはよう」

と言った。彼女と目が合う。周囲の猫たちが、一斉にこちらをみたのがわかる。

「昨日、誰かが事故に遭ったって？」

ケイは頷《うなず》く。

「灰色で、青い瞳の、しっぽの先が曲がった猫です。村瀬陽香という女の子に飼われていました」

野ノ尾はもう一度目を閉じた。ケイは時間を確認した。野ノ尾に視線を戻すと、彼女も再びこちらをみていた。

「いつから？」

「え？」

「村瀬という人は、いつからその猫を飼っていた？」

「半年ほど前です」

答えると、野ノ尾は興味を失ったように視線を離した。

「咲良田にそんな猫はいない」

そんな、馬鹿な。

「いくらなんでも、街中の猫をみんな把握しているわけではないでしょう？」

「どうしてそう思う？」

「情報の処理が追いつかない」

新しい本が書き続けられている限り、世界中の本を読み切ることができないように。

生まれ続ける猫をすべて把握することなんて不可能だ。今、咲良田にどれだけの猫がいるのか、その数を正確に知ることもできないだろう。

しかし野ノ尾はこともなげに答える。

「君がそう考えるのは、猫の時間を知らないからだ。人間の時間で不可能なことでも、猫の時間なら可能になる。もちろん、その逆もたくさんあるけれど」

猫の時間？　上手《うま》く想像できない。でもわけのわからない能力なんて、この街にはいくらでもある。その疑問をすべて潰《つぶ》していく余裕はない。今はこちらの話を、できるだけ正確に伝えるべきだろう。

「みてください。この猫が昨日の朝、パン屋の前でひかれていました」

携帯電話に村瀬からもらった写真を表示して、野ノ尾に向ける。彼女は、不本意そうに携帯電話を覗き込み、それから小声でふむ、とつぶやいた。

「たしかに最近、彼はみていないな」

「事故が起こったのは事実です。少なくとも僕はそう聞いています」

「しかし、君の話が真実だったとして、どうやって彼を助ける？」

「そういうことができる能力を持ってるんです。彼女が」

答えて、春埼に視線を向ける。春埼は会話には興味がなさそうだったが、自身が注目されていることに気づいたからだろう、クリームパンを差し出した。

「食べますか？」

短い沈黙のあとで、野ノ尾は首を振った。

「いや、いい。次にくることがあれば、駅前の三月堂《さんがつどう》という店のシュークリームを持ってきてくれ」

「わかりました」

一言で、ケイはこの話を切り上げる。時間がない。もう、一二時五五分だ。

「とにかく猫のことを教えてほしいんです。この三日間、どこでなにをしていたのかわかれば、必ず猫を助けてみせます」

「知らないよ。でも、調べることならできる」

「なら、お願いします。猫のためです」

野ノ尾は少しだけ眉《まゆ》をひそめた。あるいは困った表情を作ったのかもしれない。

「しかし、悩んでるんだ。少女に後をつけられる男を信用していいものか」

え、とケイはつぶやく。まったく心当たりがない。無理に想像力を働かせるなら、春埼のことだろうか。

「いえ。私はケイの隣を歩いてきましたが」

春埼も否定したが、野ノ尾はそんな言葉なんか聞いていない様子だった。

「いや、そうか。村瀬とは、赤い眼鏡をかけた女か？」

「そうです。知ってるんですか？」

「ああ、だいたいわかった。ちょっと待て」

野ノ尾は再び目を閉じた。身体を階段に預ける。ケイはじっと携帯電話の時刻表示を眺めていた。一分ほどたった頃に、彼女は目を開いた。

そして、つぶやく。

「寝つけん」

なんだそれ。

「眠らないと、能力が使えないんですか?」

なんの制限もない能力というのもまずないけれど。

野ノ尾は人差し指で頭を掻いた。

「別にそういうわけでもない。でも、とにかく自分を忘れるくらい、思考を止めなければならない。結局、眠るのが一番手っ取り早いな」

微妙に使いにくい能力だ。発動まで時間がかかるし、物理的な妨害に弱い。

「だいたい君が悪いんだぞ? 私が気持ちよく寝ていたのに、起こしたりするから」

「そんなこと言われても。起こさないと話も聞けませんよ」

「夢の中に出てこいよ。なぜその程度のことができないんだ」

「どうしてできると思うんです?」

「しらん。八つ当たりに理由を求めるな」

そんなことを言われても困るけれど。実のところ、今のうちに知りたいことはだいたいわかった。もうひとつだけ確認して、切り上げても良いだろう。

ケイは尋ねる。

「能力を使えれば、猫がどこにいたのかわかるんですね？」

「実は、死んでいたらわからないかもしれない」

それは、あまり重要ではない。

「生きていたら？　今、どこにいるかわかりますか？」

「わかるよ。生きてるのか？」

「いえ」

問題ない。充分に、順調だといえる。非通知くんのおかげだ。何万という数の能力者がいる咲良田では、最適な情報さえあれば、最適な能力者がみつかる。

野ノ尾はもう一度、目を閉じる。

「眠る努力をしてみよう。子守唄《うた》を歌ってくれ」

「春埼」

ケイが振り返ると、春埼は軽く首を傾げた。

「私が歌うんですか？」

「こんな歌がいい。なんというタイトルだったかな」

らー、らーら、らーら、ら、と野ノ尾が口ずさむ。

春埼はじっとケイをみつめて、ええと、とつぶやいた。

「歌った方がいいんですか？」

「歌わなくていいよ」

時間を確認する。一二時五八分四七秒。これ以上冒険する必要もないだろう。

「リセット」

たった一言。

それだけで世界は、三日分死ぬ。

2話　水曜日からの出来事

1　七月一二日（水曜日）――三日前

「七月一二日、一二時五九分、一二秒です」

と、春埼美空が言った。彼女は携帯電話を耳に当てている。

浅井ケイの隣には、壁にたてかけられた薄い木箱がある。古びたラベルには鉱石標本と書かれていた。さらにその隣は天球儀、丸まった模造紙、そしてなにが入っているのか見当もつかない段ボール箱がいくつか。ふたりがいるのは屋上へと続く階段の、最後の踊り場だった。屋上のドアには鍵《かぎ》がかかっていて、その手前にはかつて授業で使われていた教材たちが押し込まれている。きっと多くの生徒にとっては存在さえ意識しないこの場所で昼食をとるのが、ふたりの日課だった。

ケイは目を閉じ、ほんの五分ほど前を思い出す。

五分前、ケイは春埼と共に食事をしていたはずだ。あるいは食後に、水筒のお茶を飲みながらとりとめのない話をしていたか。

しかし脳裏に浮かんだ記憶は、そのどちらでもなかった。ケイは山の中にいた。古びた社の前で、肌の白い少女と会話している。みたこともない少女――違う、彼女は野ノ尾盛夏だ。

直後、大量の情報が時系列を無視して頭の中に湧き上がる。明後日《あさって》の夕食、今夜のテレビニュース、明日《あした》の放課後に隣の席で交わされる会話。もちろん三日後に受けるはずの依頼も、猫のことも。咳《せ》き込む前に息を止めるくらいのわずかな時間に、ケイはこの先およそ七二時間ぶんの——七月一五日土曜日、一二時五八分四七秒までの出来事を思い出す。

ほんの一瞬、平衡感覚を失って、ケイは額を押さえる。額の裏側のあたりが、ずきんと痛んだ。つい閉じていた目を開くと、春埼がこちらをみている。ケイは意識してほほ笑む。

「どうやら、リセットしたみたいだね」

春埼美空の能力だ。彼女は時間を疑似的に巻き戻す。より正確には、過去のある瞬間の世界を復元する。

効果は絶大だ。時計の針も、太陽の位置も、人の記憶も。世界中のおよそすべてといっていい事柄が過去を再現する。たとえば七月一四日に死んでしまった猫だって、七月一二日が復元された今なら生きている。リセットは世界すべてを巻き込む、他に例をみないほどに範囲が広い能力だ。

ただし彼女の能力には、いくつもの制限がある。

リセットで復元できるのは、事前に「セーブ」していた瞬間に限られる。改めてセーブし直すと、以前セーブした時間には戻れない。それにセーブしてから七二時間が経過すると、その効果は失われる。今回の場合は、七月一五日一二時五九分一二秒を少しでも回っていたなら、リセットが使えなくなっていた。

面倒な条件は、他にもいくつかある。春埼美空は、特定の人物——今のところケイだけだ——に指示されなければ能力が使えない。さらに一度リセットを使ってしまったなら、それから二四時間はセーブができない。

そしてリセットの最大の問題点は、春埼自身にも効果がある、ということだった。つまり彼女の記憶も、セーブした時点のものに書き換えられる。自身が能力を使ったことさえ覚えていない。規格外に強力な反面、本来ならまったく無力だとさえいえるのが、リセットという能力だった。だって記憶を忘れて過去に戻っても、彼女はまったく同じ行動を繰り返すだけなのだから。

この問題点こそが、ケイと春埼が一組になって行動している理由だ。浅井ケイの能力は、過去の自分の五感、意識を正確に再現する。一度見聞きしたこと、考えたことをいつだって確実に思い出す。

本来この能力は、人よりも記憶力が良いといった程度の効果しかない。だが一方で、極めて強度が高い能力でもあった。つまりは春埼のリセットを無視して、復元される前の世界を思い出すことができる。記憶を持ったまま、三日前に立ち戻る。

今日——七月一二日。春埼がセーブしていたのはたまたまだ。セーブしてから七二時間の制限時間が切れるたびに、春埼は新たにセーブし直す。ケイが指示してそうさせている。それが今回は一二日の一二時五九分一二秒だった。

「タイミングが良かった」

とケイは言った。猫が事故に遭ってからセーブしていたら、ケイたちにはもうどうしようもなかった。

「それはよかったです」

と春埼は、まるで他人事《ひとごと》のように答えた。

彼女は自分の能力に、ほとんど興味を示さない。それは咲良田の人口のおよそ半分を占める能力者としては、極めて特殊なことだった。能力者は歩くのと同じように、喋《しゃべ》るのと同じように、当たり前に能力を使う。当たり前に、能力に依存している。でも彼女にはその感覚がない。それが悪いことだとは思わない。あるいは能力なんてものを意識せずに生きるのが、人としてより正常なのかもしれない。けれど彼女が無関心なのは能力だけではなかった。春埼美空はごく一部の例外を除く、世の中の大半に興味を持たない。どうしようもなく、ある種の欠落を抱えている。

あくまで機械的に、彼女は尋ねた。

「どうしてリセットしたんですか？」

意図して作った笑みを維持したまま、ケイは答える。

「土曜日に僕たちは、津島先生の指示で村瀬陽香という人に会うことになる」

リセットを使った場合、その間に起こったことに関しては決して嘘をつかないというのが、ふたりの約束だった。今までケイは、この約束を破ったことがない。リセットで知った内容について嘘をつくというのは、あまりに効果的すぎて、簡単に使っていい方法ではないように思う。

ケイは順に説明する。依頼の内容は、事故に遭った猫を助けることだった。ふたりはそれを引き受け、調査を開始した。野ノ尾盛夏という女の子に会ったところで、制限時間が来てリセットを使った。

ひと通り話し終えると、春埼は軽く頷《うなず》く。

「つまりこれから金曜日の朝になるまでに、その猫を捕まえればいいんですね？」

「うん。その通り」

「では、野ノ尾という人に会いに行きますか？」

「彼女に手伝ってもらうのが、いちばん効率的だと思うよ。学校が終わったら神社に行ってみよう」

「わかりました」

会話しながら、ケイはつい、額を押さえた。三日分の記憶を一度に思い出すのはやはり負担が大きいようで、鈍い頭痛が継続している。

春埼が首を曲げて、こちらの顔を覗《のぞ》き込んだ。

「大丈夫ですか？」

そこにあるのは、いつもの無表情ではなかった。母親が子供に向けるような、自然な表情で眉《まゆ》を寄せていた。それをみてケイも本心からほほ笑む。

「うん、ちょっと眠たいだけだよ」

ケイは一度大きなあくびをしてから、もうすぐ昼休みが終わるね、と続けた。

＊

教室に戻った春埼美空は、席に座り、左手で頰杖《ほおづえ》をついた。こうするとちょうど、右斜め前方のケイの席が視界の真ん中にくる。彼は残り一〇分ほどの昼休みを、クラスメイトの中野智樹と話して過ごすようだった。

ふたりの声に、春埼はこっそりと聞き耳を立てていた。彼らは真剣な表情でシュレーディンガーのことを話していた。たしか量子力学で有名な人だ。半分の確率で毒が出る箱に猫を閉じ込めて、みたいな話だったと思う。でもケイたちは、難解な科学について議論を交わしているわけではない。本日の主題は「シュレーディンガーは猫好きか？」ということみたいだ。中野智樹は猫嫌いを主張し、ケイが反論している。その内容に、なにか思うところがあったわけではない。ただケイが猫好きを支持する理由になんとなく思い当たって、静かに納得しただけだ。

一見する限りでは、ケイはいかにも楽しげに会話を続けていた。でもその内容はすべて、彼にとっては三日前にも体験したものだ。リセットを使うというのは、そういうことだ。

ケイはなにも忘れない。一言一句間違わず、まったく同じ言葉を繰り返すことができるし、表情や動作やテンポまで完全に再現してみせられる。実際に今、彼はそういう作業を行っているはずだ。どれほど些細《ささい》なことだって、未来を変える要因に成り得る。ケイはリセットによって不必要に未来が変わることを望まない。

そういうことに関して、彼は徹底していた。リセットの後は食事のメニューも、就寝や起床の時間も、ひとりきりで聴く音楽さえ同じものを選ぶ。ミュージックプレイヤーの音楽くらいはそのときの気分で選べばいいじゃないか、と春埼は思う。でも、もしかしたらイヤホンからほんの少し漏れる音で、誰かの未来が変わるかもしれない。それが小数点の右側に数多くのゼロを並べた確率だったとしても、完全にあり得ないと証明されない限り、彼は誠実に台本をなぞり続ける。

きっと自分のほかには誰も、そのことに気づきはしないだろう、と春埼は思う。彼が日々、どういった努力をしているのか、周りの人たちは知らない。

リセットによる仕事は、常にそういった性質を持つ。なにか悲しいことがあり、依頼を受けて、リセットする。そして問題が起こるよりも先に、その原因を取り除く。依頼主は自身が救われたことにさえ気づかない。当たり前だと思い込んだまま、目の前の幸せを受け入れる。もちろんケイに感謝する者などいない。

ひどい話だ、と春埼は思う。音の届かない風鈴、誰にもみつけられなかった虹《にじ》。そんなものよりもずっと、彼の在り方が悲しくみえることがある。

浅井ケイはどうして依頼を受けるのだろう。

奉仕クラブの仕事を果たすため？　そうではない。ケイは奉仕クラブに所属することを強制されているわけではないはずだ。

——もし隣に私がいなければ、彼の能力は危険なものじゃない。

と、春埼は考える。管理局が危険視しているのはリセットだ。ケイはリセットと関わりを持つことで初めて、咲良田の中でも特別に強力な能力者になる。リセットと距離を取ることを決めるだけで、彼はただの高校生として生きていける。

——なら、どうして彼は、私にリセットを使うよう指示を出すのだろう？

春埼はその答えを知っていた。

二年前、ある少女が死んだ。ケイは彼女を「野良猫のような少女」と表現した。春埼は彼女のことを、猫のようだと感じたことはなかった。ケイが言うのだから猫に似ているのだろう、と思っていただけだった。春埼にとって、彼女は特別ではなかった。一方で、ケイにとって特別な少女なのだということは理解していた。

彼女は当時、同級生の中ではどちらかというと背の低い、身体つきのほっそりとした少女だった。快活で、友人も多く、でもたまにひどく抽象的なことを口にした。変わり者ではあったかもしれない。でも春埼にしてみれば、比較的よく話しかけてくる、たまに不思議なことを口にする少女だというだけで、他のクラスメイトとそれほどの違いはなかった。

その少女は、二年前の夏の終わりに、彼女が死んでしまうまでは。

その少女は、二年前の夏の終わりに、事故で死んだ。ただしその死には、リセットが深く関係していた。本来であれば死ななかったのに、リセットを使ってやり直した世界で、彼女は死んでしまった。浅井ケイがリセットを使うよう指示を出して、春埼美空がそれに従って、結果、彼にとって特別な少女が死んだ。ケイはそのことを後悔し続けている。明確に。

きっとあの「野良猫のような少女」に懺悔《ざんげ》するために、彼はリセットの指示を出すのだろう。彼女を殺した能力で、より多くの誰かを救いたいと願うのだろう。その反面でリセットが不必要に影響し過ぎないよう、孤独な演技を続けるのだろう。ひとりの少女が死んだ、その広大な空白を埋めるために、一匹の猫であれ見捨てることができないのだろう。

――いや、違うのかもしれない。

春埼は内心で首を振る。ひとりの死を、別の誰かを助けることで埋められるという風な考え方を、彼はしないように思った。あの少女が死んだ直後、ケイは彼女を生き返らせようとしていた。今もまだ、その考えを捨てていなかったとしても不思議はない。咲良田には数多くの能力があり、常に新たな能力が生まれ続けている。死者を生き返らせる能力だって、あり得ないとは言い切れない。

もしケイがまだ彼女を生き返らせたいと願っているなら、それはいずれ叶《かな》うだろう。

根拠はない。ただ、今まで春埼がみてきた限りで、ケイが望んで叶わなかったことなどない。ただの経験則でも、一〇〇パーセントを疑うことは難しい。

春埼にとっても、彼女が生き返るのは有難いことだ。リセットで死んだなら、それはつまり春埼が彼女を殺したということなのだから。当時はずいぶん泣いたように思う。でもその記憶はあやふやで、一方では涙を流す自分というのを、今はもう上手《うま》くイメージできなくなっていた。なにか記憶に誤りがあるのかもしれない。とはいえリセットを使ったことを強く後悔したのは確かで、その痕跡《こんせき》は今も残っている。

二年前に死んだ彼女のことを考えているあいだ、春埼はうつむいて、携帯電話についた猫のキーホルダーをふにふにと押していた。もう一度、ケイの方に視線を向けると、いつの間にか彼と中野智樹のあいだにクラスメイトの少女が入り込んでいた。

＊

皆実《みなみ》未来《みらい》は、表情が大袈裟《おおげさ》な女の子だ。

目と口が大きくて、いつも元気で、今のところなんの能力も持っていない。きっと要領がいいのだろう、ちょっとしたアクセサリーくらいなら学校につけてきても叱られることはない、そんな女の子だ。

彼女に声をかけられたのは、ケイがシュレーディンガーの偏愛について語っていた時だった。彼女が「ちょっといい？」と言いながら、机に両手をついて身を乗り出してくることを、もちろんケイは知っていた。

リセットを使う前の七月一二日とまったく同じ言葉を、彼女は口にする。

「浅井くんは明後日《あさって》の放課後、暇かな？」

明後日――金曜日。猫が事故に遭う日だ。とはいえその事故は午前中に起こるはずだから、放課後の予定は空いている。記憶にある通りに、ケイは答えた。

「今のところ予定はないよ。なにかあるの？」

「うん。私、U研に入ってるんだけど」

そのことは知っていた。彼女自身に、以前何度か勧誘されたことがあるのだ。Uとはunidentifiedの頭文字であり、UFOなんかのUと同じ未確認という意味らしい。研は研究会の略なので、訳すと未確認研究会となる。

未確認を研究する会。なんとなく反則じみた名前だ。すでに確認されていることを研究してもあまり意味はない。おそらく世界中に存在する研究機関の大半は、未確認研究会とも呼べるだろう。

皆実はいつものように、派手でコミカルな笑顔を浮かべる。

「浅井くん、幽霊山って知ってる？」

「名前くらいならね」

幽霊山とは正式名称を尽辺《つくべ》山《さん》という標高の低い山のことで、ふもとに花見崎神社がある。通称の通り幽霊が出ると噂の山だった。昔は憑辺《つくべ》山と表記されていたとの噂もあるけれど、こちらは事実ではないらしい。

記憶に従って、ケイは会話を進める。

「幽霊山がどうかしたの？」

「あの山に、吸血鬼が出るらしいの。知ってる？」

「いや――」

記憶の中の七月一二日、皆実に聞くまでは知らなかった。

「智樹は知ってる？」

「聞いたことはあるけどな。もう何年も前に流行《はや》った噂だろ？」

気のない答えを返す智樹に、皆実は向き直る。彼女の側頭部でくくられた髪が、ケイの目の前で元気よく弾む。

「ただの噂じゃないよ。実際に、被害に遭った人がいるんだから」

「吸血鬼の？　血でも吸われたのか？」

「たぶんね。山のふもとで、気を失って倒れてた人がいたんだって」

「それ、吸血鬼関係あるのか？」

智樹はあまり、この話題に興味がない様子だった。ケイも積極的に関わりたいとは思わない。

幽霊が出ようが、吸血鬼が出ようが、咲良田ではすべてそういう能力を持っている人間だということで説明ができてしまう。ある意味でもっともホラーじみた噂が広まりにくい街かもしれない。実際に未確認の何者かがいるのなら、管理局が調査を行うことになるはずだ。極めて冷静で幽霊や吸血鬼には似つかわしくない調査を。

ケイは疑問を口にする。

「幽霊山に吸血鬼が出るのって、変じゃない？」

吸血鬼は幽霊ではない。なんだかずれている気がする。

皆実は腕を組んで、軽く首を捻《ひね》る。

「でも、どっちもホラーの定番だよ。幽霊もいるし、吸血鬼もいるんじゃない？　ほら、夜は墓場で運動会、みたいな」

大雑把すぎるような気がするが、噂話というのは理路整然と整いすぎていない方が現実味があるのかもしれない。

「それで？　金曜の放課後に、なにかあるの？」

彼女は言葉を強調するように、右手の人差し指を立てて答えた。

「金曜日はね、新月なの。だから吸血鬼を探しにいこうよ」

「よくわからないんだけど、吸血鬼は新月に探すものなの？」

「ほら、吸血鬼って満月が得意なイメージあるでしょ。新月なら戦うことになってもわりとやれそう」

「いや戦うなよ」

と智樹がぼやく。

まったくだ、とケイも思う。もし本当に山に吸血鬼が出るのなら、その正体は能力者だろう。吸血鬼に似た能力なんて、いかにも攻撃的で、相手にはしたくない。管理局に任せておけばいい。

ケイは尋ねた。

「どうして僕たちなの？　U研の人と一緒にいけばいいのに」

そのための部活動だろう。

しかし皆実は大きく頭を振る。

「全然ダメ。前に調べたけどなんにもなかったって、会長が」

頭の後ろで手を組んで、智樹が息を吐き出した。

「そりゃそうだろ。古い噂だ、流行りじゃない」

「でもわからないじゃない。昔隠れてた吸血鬼が、そろそろふらっと出てくるかも」

と、皆実が主張したところでチャイムがなった。

「じゃあ、浅井くん考えといてね。別に中野くんもついてきていいよ？」

一方的に告げて、皆実は自分の席に戻っていく。

「いかねぇよ」

と、智樹がつぶやいた。

記憶通りに物事が進むなら、金曜日の昼休み、ケイは正式に彼女の誘いを断ることになるはずだ。津島から村瀬に会うよう指示を受け、それに備えるため、前日の夜を空ける。寝不足の頭で依頼人に会うわけにはいかない。

ケイは机に突っ伏し、目を閉じた。この時間、教師は五分ほど遅れて教室に入ってくる。五分間というのは睡眠時間にはあまりに短いけれど、気休め程度の休憩にはなるだろう。

リセットのあとで目を閉じると、必ず思い出す記憶がある。いや、思い出すという表現は正確ではない。ケイはその記憶を忘れたことがない。それは二年前に死んでしまった、ある女の子に関する記憶だった。

当時ケイたちは、中学二年生だった。彼女は度々、ケイを校舎の屋上に呼び出した。中学校の、いちばん南側にある校舎だ。一緒に春埼がいることもあったし、ケイだけに声をかけることもあった。ケイが屋上を訪れると、彼女はたいていフェンスの前に座り込み、細い顎《あご》を上げて南の空を見上げていた。その方角になにかしらの思い入れがあったのかもしれない。ケイにはよくわからない。

彼女は会話の中で、突飛な比喩《ひゆ》と仮定を多用した。きっとあの子の思考に対し、この世界にある言葉が限定され過ぎているのだ。あの子の真意を一言で表すような言葉は、どれほど分厚い辞書にも載っていないのだ。だから彼女は、比喩と仮定に頼るしかなかったのだと思う。

こんな風に。

「私のこの言葉が、貴方《あなた》の知る言語とはまったく別のものだったと仮定しましょう」

と、彼女は言った。よく晴れた夏の日のことだった。

「その仮定の意図はなんだろう？」

と、ケイは尋ねた。

彼女はなんだかくすぐったそうに、太陽の光に目を細めていた。

「私たちが互いに理解し合うための手段、かしら」

「僕たちに理解し合う必要なんてあるかな」

「必要。そんなことはわからないわよ。でも、暇だから仮定してみましょう。もしかしたら、有意義な時間になるかもしれない」

ケイはいかにも仕方がない、という風に頷《うなず》く。恥ずかしい話だが、あのころは素直に頷くのが苦手だった。そうするたびに自分が薄まっていくような気がしていたのかもしれない。今ではむしろ、反対のような気さえするけれど。

「まぁいいよ。わかった。君は、僕が知るものとはまったく別の言語を使う」

「うん。それでも貴方は、私と会話できるかしら？」

問われて考える。バカバカしい、と鼻で笑わなかったのは、心のどこかで彼女のことを尊敬していたからだ。当時のケイは、決してそんなことを認めはしなかっただろう。でも間違いなくケイは、彼女が自身よりも優れた存在だと信じていた。より正確には、そうあることを願っていた。

もしも彼女の言葉が、まったく別の言語で語られていたなら。

ケイは答える。

「会話はできない。互いに一方的に喋《しゃべ》り合うだけでは、会話とは呼べない」

「でも貴方は、今、質問に答えたじゃない」

「それは君が、僕の知っている言葉で話すから」

「別物だと仮定するのよ。この瞬間に話している言葉も。たまたま貴方が知っている言語とよく似た発音をするだけの、まったく別の言葉だと考えるの」

ひどい設問だった。ひっかけ問題だ、と顔をしかめようかと思った。でもケイは、もう一度考える。より正確に、彼女が想定した仮定通りに。

彼女に言った。

「右手を上げて」

ケイの言葉に合わせ、彼女はそっと右手を上げた。細い手だった。

「ゆっくり下ろして」

彼女はゆっくり、手を下ろす。

「別の言語なのに、意味が通じている」

「偶然よ、きっと」

「そんな偶然が起こるのなら。僕には君が話している言葉が、僕の知る言語とは別ものだということにさえ気づけない」

「そうね。私たちはさも当然だという風に言葉を交わすんでしょうね。互いに、まったく違った言葉を使っていることにも気づかないまま。偶然の一致に騙《だま》されて、いくつもの関連性のない言葉を交換し合うのよ」

それはなんだか、とても悲しい話だった。互いに、本当はまったく相手を理解していないのに、言葉が伝わった気になっている。

「なら結局、僕たちは会話できない。閉じた独りきりの世界の中で、身勝手に満足しているだけだ」

ケイはそう答えて、それからこれは彼女からの忠告なのだろうと考えた。つまりは相手の言葉を真摯《しんし》な態度で受け入れない限り、会話にすらならないという風な。当時のケイには確かにそういった忠告をされる心当たりがあった。独りよがりで身勝手で、多くの他者を初めから否定していた。

そんなメッセージが彼女の目的なのだと考えて、ケイは少なからず失望した。ケイが彼女に求めていたのは、チープな忠告ではなかった。ありふれた言葉ではなかった。

ケイは彼女の横顔を眺める。

彼女は相変わらず南の空をみつめたまま、静かに首を振った。それから不意打ちのようにこちらと目を合わせた。

「それでも私は、貴方と会話できると信じてる」

彼女は確信を持った口調で言う。彼女にはいつも、極めて自然で安定した自信が満ちているようにみえる。

「互いの言語を知らなくても、互いに勘違いしていても。それでも私は貴方の言葉を理解して、貴方に言葉を伝えられると信じている」

「無理だよ。そんなの、奇跡の領域だ」

「でも貴方は生まれたとき、この世界の言葉を知らなかった。それから言葉の意味をひとつも間違えることなく、すべて正確に理解してきたと思う？」

そんなことはない。でも、咄嗟《とっさ》には答えられなかった。

彼女はほほ笑む。

「その程度の奇跡も起こらない世界なら、きっと初めから言葉なんて生まれない」

二年前の、よく晴れた日の記憶だ。

そのおよそ二週間後、彼女は死んだ。

2

放課後になった。

ケイは春埼と共に、職員室に向かった。依頼を受けたことと、リセットを使ったことを津島に報告するためだ。奉仕クラブの仕事は小まめな報告が義務づけられているし、リセットは一度使うと再びセーブし直すまで使用できない。さらにリセットから二四時間はセーブもできなくなる。つまりこのあいだの出来事に関しては、春埼の能力では対処できない。報告しないわけにはいかなかった。

津島の机はいつも散らかっている。数学の教科書や問題集、数々のプリント、タイトルのないバインダー、封の切られた封筒、不登校児童について書かれた本、そして冷めたコーヒーのマグカップ。その合間を縫って、ほんのわずかに残されたスペースで頬杖《ほおづえ》をつき、津島はつまらなそうに報告を聞いていた。ケイがひと通り報告を終えると、彼は短く答えた。

「そうか、じゃあ任せた」

投げっ放し気味なのはいつものことだ。それだけで終わることも多々あるが、今日は言い訳のように付け加える。

「ちょっと教師の仕事が忙しい。なにか問題が起こったら、改めて報告してくれ」

教師の仕事量というのは、生徒にはいまいちよくわからない。期末テストの採点まで終わったこの時期でも、やはり忙しいものなのだろうか。とはいえ猫捜しが大事になる可能性は低いだろう。とくに問題が起こらないなら、放っておいてもらえた方が気楽だとも言える。

ケイと春埼は学校を出て、商店街の三月堂を訪れる。シュークリームはひとつ一六〇円で、ケイは奉仕クラブの名前で領収書をもらった。

ドライアイスが詰まった箱を下げて、神社に向かう。よく晴れていた。梅雨が明ける前の夏の、透明な水色の空が広がっている。でも今夜から雨が降り始めることを、ケイは知っていた。

「野ノ尾さんって、どんな人ですか?」

春埼に尋ねられて、ケイは少し考える。

「落ち着いた雰囲気の女の子だったね。なんていうか、猫の中でも可愛い子猫じゃなくって、スタイルのいい大人の猫っていう感じかな。残念だけど、語尾に『にゃん』ってつけて喋ったりはしない」

「ケイはそういうのがいいんですか?」

「そういうのって?」

「語尾がにゃん」

「ああ、うん。可愛いと思うよ」

もちろん冗談だったけれど。

「今日はいい天気ですにゃん」

真顔で言われてしまった。大ピンチだ。やたら恥ずかしい。

「ああ、ええと」

「どうしたんですにゃん？」

「ごめん、僕は嘘をついた。頼むから普通に話してください」

素直に申告しないと、いつまでも直らない可能性があった。他人に聞かれたらどんな噂が広がるかわからない。

「そうですか。わかりました」

彼女は平然と頷《うなず》く。

「君はもう少し、自分を大切にした方がいい」

心の底からそう思う。

「よくわかりませんが、ケイが言うなら努力します」

「まず、その考え方から変えていこう」

「難しいことを言いますね」

問題は深刻だった。でも早急な解決を求められているわけでもないので先送りにすることに決める。それよりも今は猫捜しだ。

社殿の裏に回り、石段を上る。途中、三毛猫をみつけた。散歩をしているのだろう、のんびりと歩いていた。野ノ尾の言葉を思い出す。ケイは猫の時間を知らない。

やがて石段は緩やかな上り坂になった。ケイにとっては数時間前――客観的にはもう二度と訪れない三日後と同じように、野ノ尾は社の階段に座り、目を閉じていた。時間が止まったように。

「野ノ尾さん」

声を掛けると、彼女のまぶたが静かに上がる。

「君は？」

野ノ尾はこちらを見て短く言った。感情のない目だった。

ケイはまず名乗り、春埼を紹介し、それから三日後にあったことについて説明した。

野ノ尾は、少し困ったように眉《まゆ》をひそめる。

「つまり君たちは、未来を知っているんだな？」

「まぁ、だいたいそんな感じです」

実際にはなかったことにされた過去について知っているのだけど、その差異を説明するのは難しい。リセットについて詳しく説明するつもりもない。

「そして未来で私に会った」

「とりあえず、そう思ってもらえれば」

「まぁいい。重要なのは、君が私の好物を知っていることだ」

ケイは三月堂の紙箱を差し出して答える。

「それに、このままだと明後日《あさって》、猫が交通事故に遭うことです」

野ノ尾は紙箱を受け取り、シュークリームを取り出した。躊躇《ためら》いのない動作でかみつく。頬にカスタードクリームがつく。彼女は、舌を伸ばしてそれを舐《な》めとった。

少し欠けたシュークリームを手にしたまま、野ノ尾は真剣な表情で言う。

「君が言う猫が村瀬という人に飼われたのはいつからだ？」

その質問には聞き覚えがあった。

ケイは、半年前です、と答える。

「土曜日の貴女《あなた》も、まったく同じ質問をしました。重要な意味があるんですか？」

野ノ尾はもう一口、シュークリームを食べた。割れ目からカスタードクリームがたれ出てくる。彼女は慌てて残りのシュークリームをすべて口の中に押し込み、飲み下し、指についたクリームを舐めとる。それからようやく答えた。

「君の言う猫には心当たりがある。でも、私が知っているのは野良猫だ。村瀬という人間に飼われてなんかいない」

「本当に？」

「ああ。とはいえこの数日間、彼には会っていないからな」

その間に拾われたのなら、おかしなことはない、と野ノ尾は言った。しかし、それは違う。村瀬は半年前に猫を拾ったと言っていた。

「よく似た、別の猫がいるとか」

野ノ尾は、情報のひとつひとつを丁寧に確認するように言った。

「灰色、まだ若く、瞳《ひとみ》が青い、尾が曲がっている」

そしてゆっくりと首を振る。

「その条件に合う猫は、咲良田には一匹しかいない。名もない野良猫だよ」

ケイはため息をついた。想像していたことではあった。きっと村瀬陽香は、いくつかの点で嘘をついている。違和感は初めからあった。

たとえば村瀬から受け取った写真——それは、リセットしたことにより失われてしまったけれど。猫は道端で餌を食べていた。おそらく村瀬が与えたものだろう。でも飼っている猫に、道端で餌を与えるだろうか？

「やっぱりおかしいですよ」

と、春埼が言う。ケイは頷いた。それから、野ノ尾に尋ねた。

「その野良猫が今、どこにいるかわかりますか？」

「ああ。だが、少し時間がかかる」

「調べていただけますか？」

「猫の命が懸かっているなら仕方がない」

答えて、彼女は目を閉じた。

さて、これからしばらくすることがないなと考えていると、ちょんちょんと裾《すそ》をひっぱられた。春埼だ。裾を摑《つか》んだまま、どこかに歩いて行く。それに逆らう理由もない。

少し離れたところで、彼女は言った。

「ケイ。この依頼を続けるんですか？」

声を潜めている。野ノ尾が眠りやすいよう気をつかっているのだろう。

ケイは頷く。

「止める理由なんてないよ」

たしかに村瀬が嘘をついている可能性は高い。でも、猫が本当に事故に遭って死んだのなら、助けないわけにはいかない。

春埼は困ったように眉をよせた。

「でも、おかしくないですか？」

「もちろん、おかしい。猫を助けたいだけなら、村瀬さんは嘘をつく理由なんてない。でもね、事故に遭うのが飼い猫でも野良猫でも同じだよ。どちらにせよ、猫を助けるのが誰かの迷惑になるわけじゃない」

しかし春埼は、納得できない様子だった。

「嘘をついて私たちに依頼したのなら、そこには理由があるんじゃないですか？」

「理由って？」

「わかりません。でも、私たちをなにかに利用しているのかもしれません」

「かもね。でも、別にいいんじゃない？　僕たちが利用されて、誰かが幸せになるなら喜ばしいことだよ」

「本当に、問題はありませんか？」

春埼の声には多少の躊躇《ためら》いが混じっていた。ここまでケイの判断に疑問を挟むことは珍しい。見ると、手元では猫のキーホルダーをいじっている。

仕方がないので、ケイは首を振った。

「問題になる可能性なんか、いくらでもある」

いうまでもなく、誰かが不幸になる可能性なんてそこかしこに転がっている。残念な話だ。

「村瀬さんは何をしようとしてるんでしょう？」

「わからないよ。でも、誰であれ僕たちへの依頼にはメリットがある」

あるいは、ケイたちにとってあからさまなデメリットがある。

「それは？」

「リセットを使うこと。もっと別の、個人的な理由で時間を巻き戻したくて、その言い訳に事故に遭った猫を持ち出したのかもしれない。それならもう村瀬さんは、目的を達成したことになる」

三日間でも時間を巻き戻したいと考える人は少なくないはずだ。その理由を秘匿したがることも、充分に考えられる。たとえば、定員が決まっている試験に落ちたからリセットしてくれ、と頼まれてもケイは賛成しない。管理局の立場なら、明確に拒絶する依頼だろう。リセットして、依頼主が試験に合格したなら、本来なら受かっていた誰かが押し出されて落ちることになる。視点によっては能力が不幸を生んでいる。

春埼は納得したように頷いた。

ケイは続ける。

「あるいは、リセットされたくなかったのかもしれない」

「リセットされたくないのに、依頼するんですか？」

「リセットは一度使うと、そのあと二四時間は使用できない。僕たちがリセットできないあいだに、村瀬さんはなにか重要なことをしようとしているのかもしれない。この場合、彼女の目的は、今日の昼から明日《あした》の昼までの間に成し遂げられることになる」

もちろん彼女が、かなり詳しく春埼の能力を理解していることが前提だけれど。

「それは、あまりよくない感じですね」

ケイは頷《うなず》いた。リセットを使わせないよう備えたのなら、つまり誰かがリセットを使おうとするようなことが彼女の目的なのだろう。幸福なことが起こった時、人はそれをリセットしようとは思わない。

「どちらにせよ、村瀬さんがリセットされても記憶を失わないような能力を持っていないと無意味だけどね」

リセットの影響を受けない能力者は、そう多くはないはずだ。でも、咲良田の能力はあまりに多様だった。どんな能力があっても不思議はない。

「なのに、この依頼を続けていていいんですか？」

「まぁいいんじゃないかな。あくまでそんな可能性もあるって話だし、リセットは使っちゃったんだからもう遅い。それに今回のことは、津島先生に報告している」

ケイは津島を信用していた。あるいは、管理局を。この件で問題が起こるようなら、勝手になんのフォローもないわけではないだろう。

対応してくれるはずだ。管理局が動くような問題がないのなら、村瀬の意図通りに操られていればいい。彼女に利用されて困ることもない。

しかし春埼はいまいち納得していない様子だった。

仕方ないので、続ける。

「警戒はするよ。でも依頼を投げ出すわけにはいかない。本当に明後日《あさって》、猫が事故に遭うかもしれないんだから」

「私は――」

春埼がなにか言おうとしたとき、背後から声が聞こえた。

「だめだ」

そちらを見る。野ノ尾が目を開いていた。春埼に視線を戻すと、彼女は首を振った。

先ほど言いかけた言葉の続きは聞けないようだ。

ケイは野ノ尾の前に戻る。

「だめって、何がです？」

「すまない。彼は今、眠っているらしい」

彼、というのはあの猫のことだろう。

「眠っていると問題なんですか？」

野ノ尾は頷く。

「私は能力を使うと、猫と意識を共有できる。猫が考えていることと、私が考えていることの区別がなくなる。だからたとえば、猫が自分の居場所を知っていれば、私にもわかる」

「素晴らしいですね」

「でも、寝ている猫と意識を共有しても仕方がない。眠りながら自分がどこにいるのかなんて考えないだろう？　たまに不条理な夢がみえるだけだ」

「なるほど」

猫も夢をみるのか。知らなかった。

「時間を置いて試してみるよ」

「お願いします。どこにいるかわかったら、連絡してもらえますか？」

ケイは鞄《かばん》からノートを取り出して片端に携帯電話の番号を書き、そこを破って野ノ尾に渡した。彼女はすぐに、その番号を携帯に登録した。野ノ尾には携帯電話が似合わなくて、なんだか笑ってしまいそうになる。

「わかり次第連絡するよ」

「ありがとうございます。またシュークリームを持ってきますよ」

「次は手ぶらでいい。猫が助かるなら、私も嬉《うれ》しい」

言いながら彼女は、二つ目のシュークリームを取り出してかみついた。みていると、こちらも食べたくなってくる。どうせ部費で落ちるんだから自分たちのぶんも買えばよかった。

「じゃあな」

と野ノ尾は手を振る。彼女の白い肌が、いつの間にか赤い光を反射していた。空を見上げると、綺麗《きれい》な夕焼けに染まっている。でも、西の方の空に濃紺色の雲がある。あと二時間ほどで雨が降り始める。

暗くなる前に家に帰った方がいいですよ、と伝えて、ケイは彼女と別れた。

神社からの帰り道、ケイと春埼は少し遠回りして、商店街にやってきた。このままだと金曜日の朝、猫が事故に遭うことになるパン屋の前を通る。今のところ、そこはありきたりな商店街の一角だった。猫が命を落とすとは思えないような。

店にはもうシャッターが下りている。シャッターは白く塗られ、そこに緑色の文字で営業時間が書かれていた。午前六時から午後六時まで。とてもわかりやすい。

二人は雑談を交わしながら、ゆっくりと歩いていた。春埼はその隙間に、そっと小石を落とし込むように言った。

「夕食を食べて帰りませんか?」

意識していなかったが、確かに少し空腹だ。でもケイは首を振る。

「今日はいいよ。昨日の残りがあるんだ」

ケイはワンルームマンションに一人で暮らしている。だから春埼は、この時間になればたいていケイを夕食に誘う。でもリセット前と違う行動は極力とりたくない。それに彼女の家では、ちゃんと両親が待っていて、家庭的な母親の作った手料理が用意されているのだ。あまり頻繁に外食するべきではないだろう。ケイは、春埼と夕食を共にするのは月に二回までというルールを作っていた。月の前半と後半に一度ずつ。その他は、彼女の誘いを断っている。

「そうですか」

左隣で春埼が小さく頷く。彼女だって、ケイのルールには気づいているだろう。それでもいつも、夕食に誘う。そこにはなにか意図があるのかもしれないし、メッセージが隠れているのかもしれない。でもケイには今のところ、それを読み解くつもりはない。

どこからか、太鼓と笛の音が聞こえてくる。週末にある、夏祭りの準備だろう。

「そういえば、君と夏祭りにいく約束をしたんだ」

リセットを使う前、村瀬からの依頼を受けた後のことだ。

「聞いてませんよ？」

彼女が少し眉《まゆ》を寄せる。機嫌が悪いとき、おそらくは意図的に浮かべる表情だ。表情に乏しい彼女が作ると、そんな顔でも魅力的にみえる。

「お祭りは土曜日の夜だよね。そのころには、村瀬さんからの依頼も片付いているはずだ」

「どうして言ってくれなかったんですか？　リセットしたすぐ後に」

「ごめん。うっかり忘れてた」

春埼は何か反論したそうだったけれど、軽く頭を振って表情を消した。

「じゃあ浴衣《ゆかた》を用意しないといけませんね」

「いいね、夏らしくて。あの、紫色の奴？」

去年春埼が着ていたものだ。意識すると、すぐその映像が脳裏に浮かぶ。淡い紫の生地に、金魚の柄の浴衣だった。彼女は右手にりんごあめを持っている。

「新しいものを買うかもしれません。去年のがいいですか？」

「どちらでも。君が着たいものを着ればいい」

「ゴシックロリータみたいなレースいっぱいでも？」

それは浴衣なのだろうか。冗談だと信じているけれど、春埼はたまに無茶をするので油断できない。

「できれば浴衣は、純和風なのがいいな」

「色は？」

「それじゃあ、今の空みたいな色」

夕日は山の向こうに落ち、しかし辺りは夜というほどに暗くはなっていない。青い絵の具を空気に溶かしたような色だ。

ケイは薄暗がりに公衆電話をみつけて、足を止めた。隣で春埼も立ち止まり、空を見上げる。

「去年のとあんまり変わりませんね」

「そうだね。去年のでいいんじゃない？　似合ってたよ」

どうせ年に数回しか着ないものだ。毎年新しいものを買う必要はない。

ケイは公衆電話の受話器を取り、コインを投入する。番号を押すと、いつも通りのアナウンスが流れる。

「でも、ケイはなにを着ても似合っているっていうじゃないですか」

「そうかな。じゃあ春埼にはなんでも似合うんでしょ」

受話器を下ろす。コインが転がり落ちてくる。そのコインで、また電話をかける。

「なんだか、信用できないんですよね」

「へぇ、どうして？」

「どうしてだと思います？」

「想像もできないよ。僕たちは強い信頼関係で結ばれているはずなのに」

大袈裟《おおげさ》に言ってみる。春埼はじっとこちらをみていた。

「男の人って、服に興味ないんですか？」

「そんなことはないと思うよ。ほら、智樹なんか妙に高い靴履いてたりするし」

「ケイはそういうの持ってませんよね」

「興味なくはないんだけど。気に入った物なら、多少高くても買うよ」

ただ安い物からみていって、割とすぐそこそこの物に遭遇するだけだ。運がいいのかもしれないし、単純にこだわりがないのかもしれない。

「でも、女の子の服装には興味ないでしょう?」

「そうでもない。ミニスカートは好きだよ。赤いチェックのがいい」

「実際に着ると嫌がるくせに」

「そんなことあったっけ?」

「ありますよ。何度も」

それは春埼が、極端な服装をするからだ。中学生のころは男子用の制服で学校に登校したこともある。会話の流れでケイが肯定的な意見を出したことに由来するけれど、なんでも頭から信じられても困る。

最近はきちんとこちらの話を疑うようになってきてなによりだ。それでも強く肯定すればどんなものでも着てくるんだろうなとも思う。そういうのは、なんだか危うい。

「では用意しましょうか。赤いチェックのミニスカート」

「やめておこう。ああいうのは偶然すれ違った、知らない女の子がはいてるからいいんだ」

正直なところ、女の子の服装でいちばん好きなのはジーンズパンツに白いTシャツだ。シンプルで機能的なものが可愛らしくみえる。野ノ尾盛夏はそんな服装が似合いそうだなと思った。

春埼がなにか言おうとして、ケイはそれを手で制する。

「繋《つな》がった」

今回は比較的早い。まだ一〇回もかけなおしてない。

ケイは「浅井です」と受話器に呼びかける。いつも通り、無機質な女性の声で返事があった。非通知くんだ。

「やぁ、ケイ。今日はなんの用かな？」

「情報をもらってからリセットしました。代金はシーツとTシャツを三枚ずつ。改めて引き落としておいてください」

「ん、わかった。ありがとう」

奇妙な報酬だ。結局のところ銀行からお金が引き落とされるわけだから、本当にシーツやTシャツが購入されているのかはわからないけれど。

「ところでボクは、どんな情報を売ったのかな？」

「猫を捜していて、野ノ尾盛夏という人を紹介してもらいました」

「なるほどね。で、わざわざ連絡をくれたの？」

「もちろん、代金を踏み倒すつもりはありません。それに聞きたいことがあります。村瀬陽香を知っていますか？」

春埼の言うように、今回の依頼は疑わしい点が多い。もしケイが倫理観の強い探偵なら依頼人の正体を暴くことに多少の抵抗があるかもしれないけれど、部活動の一環では職業的なこだわりもない。村瀬のことをどうしても知りたいわけではなかったが、電話一本くらいの手間まで惜しむことはないだろう。

非通知くんが答える。

「彼女についての情報は、公開が禁止されている。ケイが相手でもね」

それは、予想外の返答だった。情報が隠されることはあり得る。管理局は能力の情報を慎重に扱うし、非通知くんは管理局と繋がりがある。でも隠していると明言されるとは思わなかった。そんなの、疑えといっているようなものじゃないか。

「つまり、知ってるんですね？」

「多少はね。でも、話せないものは話せない」

「誰が、彼女の情報の公開を禁止しているんでしょう？」

「もちろん秘密」

なるほど。ま、話せないとわかっただけでも大きな収穫だ。

ケイは考える。ふと思い浮かんだ単語があった。

「なら、マクガフィンを知っていますか？」

明確な繋がりはない。だが、不確かな繋がりはある。リセット前、これに関する情報も、質問が禁止されていた。

「それも、話しちゃいけないことになっているよ」

「いつから？　誰によって？」

「答えられないな」

なら、最後の質問だ。

「村瀬陽香とマクガフィンの情報を隠すように指示したのは、同じ人物ですか？」

「秘密。その二つに関する話は、全部秘密」

くくく、と、電話の向こうで非通知くんが笑った。無機質な女性の声で。

「大丈夫。今のところ、君は順調みたいだよ」

順調？　なにに対して？　単純な猫捜しの話ではないだろう。

「どうして、順調だとわかるんですか？」

「だって君は、マクガフィンと村瀬陽香の関連性を疑った。本来ならなんの繋がりもないはずなのに」

いや。そこには繋がりがあるのだ。その細い糸がみえたような気がした。

「そんなことを僕に言っていいんですか？　禁止されているのでは？」

「ぎりぎりのところだね。でもま、大丈夫なんじゃないかな。君はまだなにも確信していないはずだ。それにボクだって、マクガフィンの本質についてはなんにもわかっちゃいないんだ」

マクガフィン。主人公を物語に関連づけるためだけに用意される、それ自体は代替可能な舞台装置。その言葉に興味が出てきた。

「じゃあね。またよろしく」

ささやくように非通知くんが言って、電話が切れる。ケイも受話器を置いた。

「どうでしたか？」

と、春埼。

ケイは首を振って答える。

「やっぱり人を疑うもんじゃないね」

考え始めるときりがない。素直に猫だけを捜している方が、ずっと気楽だ。


帰宅したころには、午後七時三〇分を回っていた。

ケイは簡単な食事を摂《と》り、ごく少ない洗い物を手早く片づけた。そのころ、雨が降り始めた。今夜の雨音はどこまでもシンプルだ。まっすぐに地面を叩《たた》く。風もなく、淡々と。ケイはその音を聞きながら、ベッドに寝転がる。

とはいえ、眠るには早すぎる時間だ。携帯電話を手に取り、「津島さん」と登録していた番号にコールする。すぐに留守番電話サービスに繋がった。ケイは名前を名乗り、要件を吹き込む。村瀬陽香という女の子について知りませんか、と。

電話を切り、枕元に転がす。それから小さなため息をついた。迷いがある。やはり村瀬について調べるべきだろうか。ケイは彼女のことを、ほとんどなにも知らない。知っているのはメールアドレスくらいだ。でも、彼女にメールを送るのも躊躇《ためら》われた。彼女がリセットの影響を受けているなら、こちらのことは知らないはずだ。なんらかの方法で、リセット前の記憶を持っているなら、彼女は春埼の能力を利用することが目的だった可能性が高い。どちらにせよまともな返事はもらえないだろう。それに、なにより、猫を助けるのとは無関係なことで、リセット前と行動を変えたくない。

ケイは目を閉じて、頭の中に溢《あふ》れる様々な記憶を眺める。

咲良田の能力には、なにかしらの制限がある。使用回数や、使用できる状況、あるいはまったく別のなにか。もちろんケイの能力も例外ではない。ケイは使用した能力を、自身で解除することができない。つまり一度思い出したことは、もう二度と忘れられない。

過去の、自身の愚かな場面が延々頭の中をめぐり続けるのは、あまりまともな状態だとはいえない。しばしば叫び声を上げたいような気分になる。でも実際に叫んだことはない。ほんのささやかではあるけれど、部屋で独りきり叫び声を上げたというのも、思い出したくない記憶になりそうだ。

なぜこんな能力があるのだろう、と考えたこともある。咲良田の能力は、使用者の性質に依存する、と言われる。能力者の本質が、能力者が求めるものが、その願いや祈りが能力になるとされる。だとするなら、なにも忘れられない能力の本質はなんだろう。なにを願い、祈っているのだろう。

簡単に答えが出ることではなかった。能力は、謎に満ちている。学校で能力について習うこともない。それはわからないものとして受け入れるしかないのだろう。宇宙の成り立ちのように。わからなくとも、確かに存在するのだから仕方がない。それでもなお能力の意味について考え続けるのは、そういった部署に勤める管理局員か、なんにでも疑問を抱く子供くらいだ。

ケイは自身の能力が特別に好きなわけではない。とはいえ嫌いかといえば、そうでもない。失いたいかと尋ねられれば、答えは明確にノーだ。能力はケイに深く食い込み、ケイを構成する要素の一部になっている。

咲良田の能力。願うだけで結果を得られる力。苦しみを伴うにせよ、そこにはやはり価値もある。

ケイは自身の記憶を、できる限り客観的に眺めるよう努める。過去の自分になんの感情も抱かないわけにはいかない。それでも、過度に肯定も否定もしないようバランスを取ろうとする。

そうしていると手元の携帯電話が鳴りだした。意識を強引に、現在に引き戻す。それで記憶が消えてなくなるわけでもないけれど、少なくとも焦点を現実に合わせることはできる。

電話の相手として、もっとも期待していたのは津島信太郎だった。次に野ノ尾盛夏。今回は後者だった。

ケイは腹筋の要領で体を起こしながら、携帯を耳に当てる。

こちらが喋《しゃべ》るよりも先に、野ノ尾の叫ぶような声が聞こえた。

「彼は誘拐されていたんだ」

唐突な話だった。

「彼というのは、あの猫のことですよね？　誘拐っていうのは？」

「そのままだよ。かどわかされた。知らない人間に、連れ去られている」

「大変じゃないですか」

と言ってみたけれど、どうだろう、野良猫がただ拾われただけだという気もする。でも猫にだって人にだって、様々な価値観があるのだろう。野ノ尾が慌てているのなら、それは猫にとって慌てるべき事態なのかもしれない。

「それで、猫はどこにいるんですか？」

ともかく重要なのは居場所だ。それさえわかれば、大きな前進になるはずだ。

しかし電話の向こうの野ノ尾の声は冴《さ》えない。

「すまない。わからなかった。私は、猫自身が把握していないことはわからない」

確かに、そんな説明を受けた記憶がある。

彼女は猫と意識を共有する。――共有、という感覚はよくわからないけれど、以前非通知くんが言った通り、少しだけケイの能力にも似ているのかもしれない。ケイの能力を、過去の自分と意識を共有する、と表現することもできる。

「大丈夫です。僕たちは、確実に前進しています」

ケイは努めて、感情的ではない声で言う。まるで春埼の口調を真似ているみたいだ、と思って、内心でひとり笑った。

「どんな小さなことでもかまいません。なにか、わかることはありませんか？　たとえば猫が誘拐された時間、場所、相手の顔。なんでもかまいません。教えてください」

「彼がさらわれたのは今日の昼、三時ごろだ。場所はおそらく、仰木町《おおぎちょう》の公園で——」

——今日、か。

気になるタイミングだ。リセットをした、ほんの数時間後だった。

「その猫は室内にいるんですか?」

「ああ、そのようだ」

「部屋の主《あるじ》の姿をみましたか?」

「いや。みていない。おかしいんだ」

思い出しながら語っているせいだろう、彼女は短い沈黙を挟んで、続けた。

「人の気配がした。部屋のドアが開き、誰かが入ってきた。彼は慌ててベッドの下に駆け込んだ」

「それで?」

「私は相手の顔をみたかった。そう考えると、猫がベッドから、顔を出した」

なるほど。野ノ尾は猫と意識を共有する。それは、一方的に猫の意識を知るだけの能力ではないのだろう。猫の考えを彼女が知るように、彼女の考えを猫の方も知る。だから初めて彼女に会いにいったとき、ケイたちを猫に案内させるようなことができた。

「それで、どうなったんですか?」

猫がベッドの下から顔を出して。それでも、相手の姿はみえなかったのだろうか。

「相手はおそらく、ベッドの上にいた。彼は後ろから頭をなでられた。そして、その直後、能力が途切れた」

「それは、偶然ではなく？」

「わからない。私の能力は、不安定だ。目が覚めるように自然に途切れることもある。でも今日は、違和感があった。唐突に、彼の意識が離れた」

「なるほど」

あり得ないことじゃない。春埼に話したように、今回の依頼の目的がリセットを使わせることだったとすれば、相手はそれを無視できる能力を持っている可能性が高い。つまりは、他者の能力を無効化する能力だ。

問題なのはその相手が何者なのかということだ。村瀬に関連していることは予想できるが、確信もない。平和な目的で利用されるだけならそれでいい。でもなんらかの悪意があるなら、さすがに放ってはおけない。

「部屋の様子は、どうでしたか？」

「別に、普通だよ。ベッドがあって、テレビがあって、学習机があって。はっきりとは言えないが、学生の部屋のような印象だったな」

「ほかになにか、気づいたことはありませんか？」

「机の上に、写真立てがあった。二〇代の、前半ほどの男性の写真だ」

「ひとりで写っていたんですか？」

若い男が、ひとりきりで写った自分の写真を部屋に飾るだろうか。友人や兄弟の写真だとしても違和感がある。なら、部屋の主は女性？　――いや、まだ決めてかかるのは早い。村瀬に繋《つな》げて考えようとしすぎている。

ケイは意識を切り替える。

「とにかく、猫はまだ生きてるんですね」

「おそらくは。以前、息を引き取る猫と意識を共有していたことがある。あの能力の途切れ方は、死んだわけではないと思う」

「なら、よかった」

ケイは意図して微笑む。電話の向こうに表情は伝わらなくても、声質が変わるかもしれない。

「きっと可愛らしい猫だったから、拾われちゃっただけですよ。今ごろ、美味《おい》しい夕食をもらっているかもしれません」

「犯人の思惑なんか、関係ない。彼は意思を無視して連れ去られたんだ。ずいぶん怯《おび》えていたよ」

なるほど、その通りだ。

「わかりました。ともかく、犯人を捜しましょう。ほかの猫が、誘拐されているところをみていたりしませんか？」

「わからない。これから調べる」

「では、引き続きお願いします。大丈夫、まだ無事なら、きっと相手には危害を加える意思がないってことですよ」

野ノ尾はしばらく沈黙してから、小声で「そうだな」と答えた。

「また連絡する」

そして、通話が切れた。

ケイは再びベッドに寝転がる。――どうして猫は誘拐されたんだ？ リセットを使わせることが相手の目的なら、それはもう達成したはずだ。猫にもなにか、重要な意味があるのだろうか？

どうしたところで、このままでは答えがでそうになかった。ケイは窓の外を見る。いつの間にか意識から離れていた雨音が、ゆっくりと戻ってくる。

猫は、室内にいるのなら、少なくともこの雨に濡《ぬ》れることはないだろう。

3　七月一三日（木曜日）――二日前

翌日になっても、雨は降りやまなかった。

昼休みのひとつ前の休み時間、春埼美空は教室の窓から、ぼんやりとそれを眺めていた。ケイの話によれば、この雨は今夜遅くに一度降り止み、夜明け前にまた降り出すらしい。明日は猫が事故に遭う予定の日だ。つまり猫は雨の中死んだことになる。おそらくそれは、一般的には悲しむべきことなのだろう。

視線をケイの方に向けてみる。彼はなにやら携帯電話をいじっているようだった。おそらくは野ノ尾盛夏と連絡を取っているのだろう。

野ノ尾からは休み時間ごとに連絡が入っているようだ。彼女は頻繁に能力を使って猫の安否を確認している。おそらく学校を休んでいるのだろう。前の休み時間——二限目が終わった時点では、猫はまだ生きていたらしい。本来、猫が死ぬのは明日の朝のはずだけど、リセットによってその運命が変わってしまった可能性もゼロではない。リセット前は、野ノ尾はその猫に対して能力を使わなかった。村瀬陽香の思惑もまだわからない。もっとささやかなことで、たとえば三月堂のシュークリームの売り上げがいくつか伸びたという程度のことで、未来が変わらないとも限らない。猫が明日の朝まで死なないとは、誰にも断言できない。

とはいえ今、ケイの表情は明るかった。きっと今回も大丈夫だったのだろう。あと一時間で昼休みだ。昼休みになればセーブができる。それまで無事なら、猫を助けられる確率はずっと高くなるはずだ。

猫には無事でいて欲しい。心からそう思う。もし猫がどうにかなってしまったら、ケイはそれを自分のせいだと考えるだろう。どうせ金曜日の朝、事故に遭う予定だった、といっても彼の慰めにはならない。

ケイが携帯電話をポケットにしまう。春埼は席を立ち、彼に歩み寄る。だが、春埼よりも先に、中野智樹がケイの隣に立った。仕方なく少し後ろで足を止める。

中野智樹が、ケイに向かって言った。

「知ってるか？　壁に開いた穴の話」

「穴？」

ケイの横顔がみえた。わずかに彼の目が細くなる。傍目《はため》を気にせず考え込んでいるようで、その表情になんだか違和感があった。

中野智樹はいつものように、大袈裟《おおげさ》に手振りをつけて続ける。

「いいか？　昨日の夕方の話だ。目撃者を仮にAとしよう。Aは学校の帰り道、夕焼けに照らされた道を歩いていた。目を閉じて想像してみてくれ。蒸し暑い夏の、どろりと体に纏《まと》わりついてくる空気。それが血液みたいに真っ赤に染まっている時間だ」

長い話をする時、妙に嘘臭くなるのが彼の特徴だった。

「それだけじゃ想像できないよ。場所は大通り？　裏路地？」

そう尋ねるケイの表情は、普段無駄話をしているときとなにも変わらないものに戻っていた。でも質問が妙に具体的で、彼がこの話に興味を示しているのだとわかった。

「川原坂《かわらざか》の辺りだよ。ハイソな住宅街ってやつだ。ずらりと並ぶまっ白な壁も、やっぱり赤く染まっていた」

川原坂とは、学校から見て南東にある一帯を指す地名だ。こちらから向かえば緩やかな上り坂になっていて、そのまま進めば小さな山に突き当たる。幽霊山と呼ばれている山だった。山のふもとには川が流れていて、周囲には中野智樹が言うように大きくて品のいい家が並んでいる。

「Aはまっすぐ自宅に向かっていた。きっとあの辺りに住んでるんだろうな。羨《うらや》ましいことに金持ちだ。そして金持ちは、貧乏人よりも多くの人に恨まれている。偏見かもしれないが、偏見だって充分人を恨む根拠になる」

「悲しい話だね」

「だよな。世の中には、そこかしこに悲しい話が満ち溢《あふ》れている。それに交じって、幸せがちょっとだけ。そういう風にできてるんだ。闇雲に手を伸ばしちゃいけない。よく見極めてつかまないと、幸せは手に入らない」

なかなか話が進まない。ケイもそう感じていたのだろう、遮るように口を挟んだ。

「それで、壁の穴っていうのは？」

「ああ、それだ。Aは違和感を覚えた。その辺りの住宅地の、誰もいない壁の方から、なにかにみられていたような気がしたんだな。で、ふと顔を向けると」

「壁に穴が開いてた？」

「そう、それも手の形に、だ。くっきり五本の指の形がある。大人の手じゃない、もっと小さな、子供くらいのサイズの手だった。その辺りは通学路だったから、もちろんAは知っている。朝通ったときには、そんなものはなかった」

ホラーテイストの語り口調だが、いまいち怖くない。

少し不思議だなとは思うけれど、物理的に不可能なことでもなかった。それに咲良田では、どんなことだって能力によって起こりえる。

「そこで、違和感を覚えたAが、ゆっくりその壁に近づくと――」

「目の前でいきなり穴が塞《ふさ》がったんだよね」

と、続けたのは皆実未来だった。彼女はいつの間にか、中野智樹の隣に立っていた。

どうやら話はそこまでらしく、中野は顔をしかめる。最後まで聞いても、やっぱり怖くない。

皆実はそれを気にした様子もなく、「どう思う、浅井くん」と続ける。

「話が本当なら、そういう能力があるんだろうな、と思うよ」

「えー。手の形とか、せっかく幽霊っぽいのに。美空だって心霊現象が一枚嚙《か》んでると思うでしょ？」

会話に参加しているつもりはなかったけれど、こちらに振られてしまった。適当に答えておく。

「壁を直していったのなら、いい霊ですね」

「おお、なるほど。つまりその辺りなら危なげなく心霊探索ができるってこと？　建設的な意見だね」

ひどい曲解だ。ケイに倣って、相手にしないことにする。皆実もそもそも、返事なんて期待していなかったらしい。

「場所は奇《く》しくも幽霊山付近だよ。勝手に続ける。これはもう、明日は吸血鬼探索に出かけろと神さまが言ってるとしか思えないね」

ケイは気だるげに、机で頬杖《ほおづえ》をついた。

「吸血鬼が壁に手の形の穴を開けるなんて話、聞いたことないな」

「そこはほら、いくら伝説の怪物でも、そろそろ新しい要素を取り込まないとみんなに飽きられても困るし」

「地味な要素だな、壁に穴って」

と、中野智樹がぼやく。彼自身が始めた話だけれど、やはり地味だという自覚はあったらしい。

「とにかく、明日は吸血鬼探索に決定。美空も行くよね？」

いや、いかない。

明日は猫が事故に遭う予定の日だ。本来なら、午前中に猫捜しは完了しているはずだけれど、少し状況が変わってきていることも確かだった。もしかしたら、まだ猫がみつかっていないかもしれない。

それに、猫のことが解決していたなら、春埼は髪留めを買いにいこうと密《ひそ》かに決めていた。明後日《あさって》はお祭りなのだ。浴衣《ゆかた》は去年のものを使うとしても、どこかワンポイントくらい変化が欲しい。

春埼はそっとケイの方をみる。

「なにもなかったら付き合うよ」

と、彼は答えた。リセットの前に、吸血鬼探しに参加したなんて話は聞いていないから、おそらくはどこかのタイミングで断ることになるのだと思うけれど。

春埼はケイをみつめたまま、彼のすぐ隣まで近づき、ささやく。

「壁の穴のこと、知らなかったんですか？」

彼は軽く頷《うなず》く。

「うん。知らなかった。本当に」

嘘ではない。おそらく。

リセットの前、彼はこの話を聞いていなかった。いったい、どうして？　どこが前回と変わったのだろう？　わからないけれど、でもリセットの前後で出来事が変化しているというだけで、ケイが興味を覚えるには充分な理由になる。

「おや、内緒話？」

と皆実が笑いながら首を傾げた。

「はい。内緒話です」

と春埼は答えた。

そのまま皆実に向き直り、ついでに尋ねる。

「ところで、マクガフィンを知ってますか？」

特別な意図があったわけではない。ただ、彼女は部活動で咲良田内の都市伝説や噂話を調べている。念のために聞いておこう、と、ふと思いついただけだった。

でも口に出した直後、失敗に気づいた。――リセットする前の私は、おそらくまだ、マクガフィンなんて言葉を知らなかったはずだ。つまり前回とは違う質問をしてしまったのだ。ケイの許可も得ていないのに。

この質問が、誰かの未来に、なんらかの影響を与えるだろうか？

春埼は皆実未来をみつめる。彼女もこちらをみていた。わずかに、彼女の表情が変化したような気がした。なんだか緊張している？　錯覚かもしれない。あるいは意味のわからない単語に眉《まゆ》をひそめただけかもしれない。ケイならもっと正確に、その表情の意味を読み取っているだろう。彼はそういうことが得意だ。それは能力により、人の様々な表情を完全に記憶しているからかもしれない。

皆実よりも先に、中野智樹が口を開く。

「マクガフィン？　聞いたこともないな」

彼の言葉が終わる頃には、皆実の表情は、綺麗《きれい》に元に戻っていた。

「うん、わかんない。U研の先輩に聞いてみよっか？　もしオカルト関係なら、なにか知ってるかもしれないよ」

彼女の行動が、前の世界とはまったく別のものになる可能性があった。リセットを使う以上その危険性は常につきまとうし、ケイも受け入れているリスクではある。でも彼の判断を待たず、勝手な質問で状況を変えてしまった。

春埼はケイをみつめる。

彼はきっと、その視線に気づいたのだろう。慰めるように小さくほほ笑む。

それから彼は皆実に向かって、「じゃあお願いしてもいいかな」と答えた。

＊

「すみませんでした」

と春埼が言う。

「いや。ちょうどよかったよ」

とケイは答えた。ただ慰めたわけではない。このリセット後の世界で、どこまで「前回と違った行動」をするのか、その線引きを考え直すべきではないかと悩んでいたところだ。マクガフィンという言葉の意味は気になるし、その相談相手として皆実未来は悪くない。好奇心が強い、一般的な高校生が知っていてもおかしくないレベルの情報を、彼女は教えてくれるかもしれない。理想でいえばセーブしたあとで質問したかったが、失敗というほどでもないだろう。

昼休みだ。ケイは春埼と共に教室を出て、階段を上る。でも決して屋上には到達しない。鍵《かぎ》のかかったドアの手前で、いつも足を止める。

ふたりは並んで階段に腰を下ろし、膝《ひざ》の上で弁当箱を広げた。ケイは携帯電話を取り出して、時間を確認する。あと一〇分ほどで、リセットから二四時間が経過する。もう一度セーブできれば、ずいぶん心理的に楽になる。

携帯電話をポケットに戻そうとしたとき、ちょうど着信が入った。野ノ尾からだ。二度目のコールが鳴る途中で電話に出る。

「はい。浅井です」

電話の向こうから、悲痛な声が聞こえた。

「眠れない」

それはそうだろう。

野ノ尾が能力で猫と意識を共有するには、自分を忘れるくらいなにも考えていない状態にならなければいけないらしい。そのためには眠るのが一番だという。一時間ごとに連絡が来ていたのだから、彼女は繰り返し短い睡眠をとっていたのかもしれない。だとすればさすがに、目が冴《さ》えてくるだろう。

「昼間なら、犯人も家を空けているんじゃないですか？　たぶん安全ですよ」

「いや。誰かがいる気配はあるよ。だがどうやら、誘拐された彼の方がよく眠っているようだ。まだ相手の顔はみえない。そしてやっぱり、しばしば能力が途切れる」

彼女の話から、わかることがふたつある。

猫を誘拐した誰かは、仕事にも学校にもいっていない。そして犯人が、他者の能力を打ち消す能力を持っているなら、それを常に使ったままの状態にしている。なぜだろう？　簡単には解除できない能力なのか、それとも解除したくない理由があるのか。

野ノ尾が言った。

「どうしても眠れないんだ。手伝ってくれないか」

「子守唄《うた》でも歌いましょうか？」

「悪くない。でも、別の方法を試してほしい」

「僕にできることでしたら、なんでも」

「ありがとう」

電話の向こうの彼女は、疲れた様子で笑った。

野ノ尾盛夏と猫の関係は、まだよくわからない。でも彼女が一匹の猫を心から心配しているのは間違いがない。もちろん「たかが猫だ」と言ってしまうこともできる。その言葉を嫌悪することもできる。ケイはどちらかというと、後者でいたかった。

「僕は、なにをすればいいですか？」

「話をしてくれ」

「どんな話を？」

「できるだけ、ぼんやりとした話をしたい。どうでもよくて、眠たくなるような。くだらない話をしよう」

　少し考えて、ケイは尋ねてみた。

「将来の夢は？」

　間を置かずに、彼女は答える。

「現状維持だよ。もちろん、彼を連れ戻してからだが」

「高校生が将来も現状維持っていうのは、なかなかハードルが高いですね」

　望んでも望まなくても、高校という場所からはいずれ追い出される。ほんの数年で周囲の環境が劇的に変わるのが、学生の特徴だ。

　つまらなそうに、野ノ尾が言う。

「そういう現実的な話に興味はないよ」

　なるほど、なら非現実的な話をしよう。

「生まれ変わったらなりたいものは？」

　電話の向こうの野ノ尾は、しばらく考え込んだようだった。やがて彼女は、ゆっくりとした口調で答える。

「そうだな、大きな木がいい」

「どうして？」

「私の身体を、猫が登るんだ。そして枝に腰を下ろし、遠くをみる。私も一緒に遠くをみる。高い木だから、ずっと遠くまで見渡せる。世界は平和で、よく晴れていて、私と一匹の猫がそれをみている」

なるほど、素敵だ。彼女が語る言葉には、きっと確かな幸せがある。誰もが求める種類の、強固な幸せが。

「でも、あんまり高い木だと、猫が下りられなくなるかもしれません」

「ならそれでもいい。私がその猫を守るよ。美味《おい》しい果物が生《な》る、大きな木だ。枝の上に猫の楽園を作る」

「猫って、果物を食べるのかな。やっぱり魚の方が好きなんじゃないですか？」

「好物はいろいろだよ。果物が好きな猫もいる」

「でも、毎日果物ばかりだと、飽きてしまうかもしれません」

「その通りだな」

「なら、やっぱり木からは下りられた方がいいですね」

「わかった。上り下りし易《やす》いように、全身に蔦《つた》を巻きつけよう。猫は食事を終わらせてから、ゆっくりやってくるんだ。嬉《うれ》しいことがあった日も、悲しいことがあった日も変わらず」

「最高ですね」

どうにかケイに聞こえるくらいの小さな声で、野ノ尾は笑ったようだった。

「君はなかなか、くだらない会話が上手《うま》いな」

どこか間延びした声で、彼女は言った。

「浅井。君は生まれ変わったら、なにになりたい？」

答えは決まっていた。

「僕は神さまになりたい。いちいち人に試練を与えたりしない、人間不信じゃない神さまに。お腹がすいている人にはパンをあげて、悲しんでいる人は幸せにする。毎日、そんな仕事をして暮らしたい」

きっとそれは人の為なんかじゃない、もっとエゴイスティックな理由で。世界中から悲しみがなくなればいい。

「木になった貴女《あなた》と猫のために、遠くの空に虹《にじ》をかけてもいいんですよ」

本当に、そんな風に生きていきたいんだ。人間は神さまにはなれないことなんか、ずっと昔から知っていたとしても。

野ノ尾は言葉をゆっくり咀嚼《そしゃく》し、呑《の》み込むような時間を置いてから言った。

「なにか悲しいことがあったのか？」

もちろん、あった。悲しいことがひとつもない生活なんてありはしない。そしてケイは、そのすべてを覚えている。二年前に死んだ少女を、忘れたことなんてない。

「世の中は、ちょっと悲しいことが多すぎると思うんです」

電話の向こうの野ノ尾は、長いあいだ、なにも言わなかった。ケイもこれ以上、話すべきことがなくて、同じように黙っていた。

やがて囁《ささや》くような声で、彼女は言った。

「少しだけみえた。猫は無事だ」

「よかった」

「ああ。また連絡する」

電話が切れる。時刻表示を見る。一二時五八分。しばらく眺めていると、五九分になった。野ノ尾と話しているあいだも、じっとこちらをみていた春埼に言う。

「時間、頼むよ」

「はい」

彼女は携帯電話を取り出し、三桁《けた》の番号を押す。時報を読み上げた。

「五九分、一〇秒、一一、一二……」

一三のコールを聞いてから、ケイは言った。

「セーブ」

一拍置いて、春埼は応える。

「七月一三日、一二時五九分、一五秒です」

彼女の声を聞きながら、ケイは五分前を思い出す。電話で野ノ尾と会話をしているところだった。

「まだリセットはしてないみたいだね」

セーブした直後に少し前のことを思い出して、リセットの使用を確認するのが習慣になっていた。

春埼は微笑む。

「それじゃあ、お弁当を食べましょう」


七月の上旬に期末テストが終わってから、通常の授業が減っていた。それでも高校生は決まった時間、教室の席に座っていなければいけないらしく、午後は自習だった。クラス担任の教師は教卓の向こうにパイプ椅子を置き、そこに座って本を読んでいる。文庫本のサイズだが、ブックカバーがついていてタイトルはわからない。

ケイはぼんやり雨の降る校庭を眺めながら、二年前の出来事について考えていた。野ノ尾の話を思い出す。遠くまで見渡せる、楽園のような、高い木の話。二年前のケイにとって、それは中学校の屋上だった。あるいは、今でも。

記憶の中のケイは、春埼と並び、彼女が現れるのを待っていた。彼女よりも先にケイたちが屋上に訪れることだってあったのだ。たまには。

当時の春埼は今よりも少し背が低かった。けれどこの二年間で、ケイの方がより身長を伸ばしたから、頭の位置は当時の方が近い。春埼の髪は現在と違って長く、顔つきは今よりもずっと無表情だった。

中学二年生の春埼美空は、有り体に言って変わった女の子だった。まるでたったひとつの公式でできているように、徹底的にシンプルで、純粋で、理性的だった。少なくとも当時のケイには、そんな女の子にみえていた。

記憶の中で、中学二年生だったケイが言う。

「考えてみたんだ。君について」

「私の、何についてですか？」

彼女は会話の中で理解できない部分を、まっすぐに尋ね返してくる。それはとても誠実な対応だと思う。でも彼女の誠実さに気づく人は少ない。きっと彼女自身も、それに気づいてはいない。

「部分じゃないよ。春埼美空すべてのことだ。でもあえて限定するなら、君の思考や哲学について、だね」

「私には、哲学という言葉がよくわかりません」

「なら辞書で引いてみればいい。わからないことに気づくのは賢明だけど、わからないまま放置するのは愚かだ」

「愚かであることは問題ですか？」

「場合によっては。それに賢明であれば、周りの問題まで解決できる。僕は頭の良い人が好きだ」

「わかりました」

春埼は頷《うなず》く。そして会話が途切れてしまう。彼女にとってはそれでなんの問題もないのだろう。さらに話すべきことがあれば勝手に話せばいいし、なければ黙っていればいいい。単純なことだった。

ケイは話を戻す。

「春埼。君にはなにかが欠けているね」

「何に対して欠けているのですか？」

「人間として、欠けているんだよ」

「私が欠けているのなら、完成した形はどこにあるのですか？」

「完成した形は、そうだね。どこにもないのかもしれない」

「わかりません。私は人間です。それに、完成した人間ならいくらでもいるのではないですか？　たとえば、貴方《あなた》も」

「たしかに君は人間だ。それは間違いない。でも、欠けている。たとえばリンゴを半分に切っても、それはまだリンゴだろう？　そして同時に、全体からみれば半分が欠落している。そういうことだよ」

ケイは一度、言葉を切った。ケイ自身がどんな風に欠けているのか、説明しようかと少しだけ悩んだ。でも、意味のないことだ。

一般論として続ける。

「同じように、誰だってどこかが欠けているのかもしれない。完全な人間なんて、この世界にはいないのかもしれない」

春埼は少しだけ首を傾げる。

「すべての人が欠落しているなら、そもそも欠落した状態が人間として正しい姿なのではないのですか？　貴方の定義する人間の方が、過剰になにかを持ちすぎている可能性はないですか？」

　そうかもしれない。しかしケイは首を振る。

「問題は、そこじゃないんだ。一般的な人の定義はどうだっていい。ただね、君はその欠落があまりに大きいんじゃないかと思うんだよ」

「私はなにが欠けているのでしょう？」

「なんだと思う？　僕はそのことを、真剣に考えてみたんだよ」

　春埼は沈黙した。けれどそれは、ほんの短い時間だった。結局いつものように、彼女は淡々と答える。

「感情ですか？」

　ケイはまた首を横に振った。

「僕も初めはそれを疑っていた。簡単に思い当たって、とりあえず納得できそうな回答だ。でも、違う。君にも感情はある」

「ありますか？」

「ないと思ってるの？」

「いいえ。でも、これまでに何度かないと言われました。それに私は、私の感情を証明する方法を知りません」

「誰だってそうだよ。世界中の人々の大半は、自身に感情があることを、他者にきちんと論理立てて証明したことなんてない」

ケイはじっと、春埼の瞳《ひとみ》をみつめる。

「たとえば自分の感情を証明しなければならないという発想が、君の思考で、哲学で、欠落した部分を示しているんじゃないかと僕は思う」

春埼の瞳は不動だった。なんの変化も観測できない。だから人は、この少女から感情が欠落していると思い込んでしまうのだ。

「意味がわかりません」

と春埼は答える。

「説明して欲しい？」

とケイは尋ねる。

春埼はゆっくりと首を振る。

「いえ。あまり興味がありません。やはり私には、感情がないのかもしれません」

「いま」

ケイはぱん、と手を叩《たた》く。

「いま君に、なにかの感情が生まれたね？　悲しみ、諦《あきら》め、失望、あるいは優越感なんかもしれない。なんでもいい。ともかく、無感情ではなかった」

春埼の瞳が、初めて揺らいだような気がした。

「はい。おそらくは」

ケイは頷く。心の底から、目の前の少女を肯定するように。――傍《はた》からは、きっとそういう風にみえるように。

「春埼。君に欠落しているのは、なにかを特別だと考える意識だ。君は知らないかもしれないけれど、多くの人は自分自身が特別で、なによりも重要なものだと信じ込んでいるものだよ。無自覚でも、本能的に。なのに君は、自分を特別だと考えていない」

自分が特別ではないから感情も希薄で、自分が特別ではないから主体性がない。自分自身の問題も、他者の問題も、空想や仮定上の問題も、同じように考える。自身の感情まで、他者に示すには論理として成立した説明が必要だと考える。

「君の特殊性は、色々な言葉で表現できるのだと思う。でも僕は、たったひとつの言葉を選ぶよ。春埼美空。君は、歪《ゆが》んでいない。誰でも当たり前に持っている、思考や価値観の歪みを持っていない。ゼロでなくても、とても希薄なんだ。だから自分自身さえ特別だと思えない」

極めて珍しいことに、春埼は長い間考え込んでいる様子だった。

それから言った。

「ひとつ、質問があります」

「なんだろう？」

「浅井ケイ。貴方はどうして、私について考えたのですか？」

ケイは笑う。そこには、わかりやすい意図があった。しかし答えない。

代わりに言った。

「春埼。君も僕について、考えてみてよ。もしかしたら答えがわかるかもしれない」

彼女はまた沈黙を挟んで、「わかりました」と頷く。

それで、会話が終わった。

後はふたり共に黙り込んで、彼女が現れるのを待っていた。

チャイムが鳴って、ケイは意識を現在に引き戻した。

4

放課後になってもまだ、雨は降り止まない。

ケイは津島に会おうとしたけれど、職員室に彼の姿はなかった。忙しいというのは嘘ではないらしい。でも昨夜から電話にも出ないのが、少し気にかかった。

学校の前で春埼と別れ、野ノ尾に会うために神社へと向かう。春埼には、壁に開いた穴に関する噂について調べてもらうことにした。リセットを使う前には起こらなかった出来事を、無視するわけにはいかない。

ビニール傘を手に、ぬかるんだ山道を進む。野ノ尾はいつもの社で、静かに目を閉じていた。雨の降る中、それを避ける手段も知らない苗木みたいに。社には屋根がある。でもそれは小さすぎて、少しでも風が吹けば、雨粒は屋根の下に潜り込む。ケイは野ノ尾のために、傘と、タオルを用意していた。それが放課後にできたことの中で、いちばん価値のあるものだろうとケイは思った。

野ノ尾の調査は、あまり順調ではないようだ。彼女は軽く首を振って言った。

「駄目だな。彼がどこにいるのか、わからない」

だがその声は、とくに悲観的でもなかった。実際に顔を合わせてみると、電話の印象よりもずっと彼女は落ち着いていた。

「あまり雨に濡《ぬ》れると、風邪ひきます」

「別にかまわないさ。風邪くらいでは死なない。それに、多少熱が出た方が能力を使いやすい」

彼女は白いタオルを自身の頭に被《かぶ》せた。その姿は、なんだか洗濯物に頭をつっこむ猫みたいだ。

「誘拐された猫の様子は？」

「一時間ほど前は、元気だったよ。誘拐犯は、部屋にはいなかった。でも高級なキャットフードが置かれていて、ずいぶん嬉《うれ》しそうだった。金色の缶に入っているやつだ」

「なるほど、それはよかった」

「大事にされているようだ。このまま、彼は飼い猫になっていくのかもな。もう少し様子をみて、問題がなければそれでいい」

野ノ尾は頭のタオルをわしわしと動かした。濡れた黒い髪が、白い頬にくっつく。

「ずいぶん騒いで悪かったな」

「いえ。結果がわからないうちは、無理に安心しているより素直に慌てている方が適切だと思います」

「猫の感情は極端なんだ。怖れるべき時には、躊躇《ちゅうちょ》なく怖れる。安心すればどこまでも安心する。スタイルがシンプルなんだよ。能力を使うと、彼らの影響を受ける」

それから彼女はタオルで顔を拭《ふ》いて、くぐもった声でつけ足した。

「迷惑をかけたのなら、謝るよ」

ケイは首を振る。なにも問題はない。野ノ尾の心から猫を心配する声も姿も、綺麗《きれい》なものにみえた。

「でも、まだ猫を取り返したわけじゃないです」

「それは問題じゃない。彼が慌てていたから、私も一緒に慌てただけだ。今は安心しているようだから、私も安心した。きっと誘拐犯が善人だったんだろう」

「その猫は、人を見る目があるんですか？」

「どうかな。でも、恐怖と危険には敏感だよ。人間のように摩耗していない。いつだって生きていることを自覚している」

生きているということは、いつでも死ぬということだ、と野ノ尾は言った。それから大きく伸びをして、口元を笑みの形に歪める。目元はタオルに隠れてよくみえない。

「さて。そろそろもう一度、能力を使おう」

「安全みたいなのに？」

「定期検診のようなものだよ。せっかく必死に心配したんだから、もうしばらくは彼の心配をしていようと思う。協力してくれるかな？」

「ええ、もちろん」

野ノ尾がスペースを空けてくれたから、ケイは彼女の隣に腰を下ろす。それからふたり、ゆっくりと「くだらない話」を続けた。議題は世界でいちばん優しい言葉にした。ありがとうとどういたしましては、どちらがより優しい言葉だろう？　おはようとおやすみなさいなら？　いってきますといってらっしゃいなら？　もちろん、答えなんか出ない。互いが心から無意味な話だと理解していて、だからケイは本心にとても近い言葉を口にできた。静かに鳴り続ける雨音よりも、優しい言葉はあるだろうか。

ふいに、野ノ尾が黙り込む。眠ったように目を閉じて。おそらく能力が発動したのだろう。

ぼんやり彼女の顔を眺めていると、やがて白いまぶたが持ち上がった。

「無事だった。誘拐犯がタオルケットを用意していて、彼はそれが気に入ったらしい」

平和そうでなによりだ。

結局のところ、世界で一番優しい言葉とはなんなのか、答えを出さずに会話は終わった。おそらく、互いに答えなんて求めていなかったことが原因だろう。

　野ノ尾と別れ、ケイはあの猫が誘拐されたという公園に向かう。猫の気持ちがわからないケイは、野ノ尾のように素直に安心することはできない。猫が誰かに連れ去られたのは、リセットを使う前にも起こったことだろうか？　だとすれば明日《あした》の朝、その猫が事故に遭う未来はまだ変わっていないのかもしれない。一方で、猫がリセット前とは違う環境にいるなら、そこにはケイではない、誰かの意思が介入している可能性が高い。それはそれで放置できない。

　とはいえ、公園でなにかがわかると期待していたわけでもない。聞き込みをしようにも、雨の公園に人はいなかった。

　ケイはゆっくり、公園の周囲を歩いて回る。と、ひとりの少年をみつけた。小学生だろうか、黄色い傘を持った少年だ。公園の向かいにある民家の壁に向かってしゃがみ込んでいた。

「こんにちは」

　ケイはほほ笑んで声をかける。少年はこちらを向いた。

「ちょっと聞きたいことがあるんだけど、いいですか？」

尋ねても、彼はじっとこちらをみるだけだった。しばらく返事を待ってみる。少年は二回、瞬《まばた》きした。

とりあえず否定はされなかったので、尋ねる。

「よくこの辺りに来るんですか？　たとえば通学路だとか」

少年は頷《うなず》いた。

「猫を知りませんか？　灰色で、青い眼で、しっぽの先が曲がってる」

近所の小学生をみつけられたのは、幸運だ。近くにいる野良猫を、小学生は見落とさないものだ。少年はもう一度頷き、緊張しているのだろうか、小声で「知ってる」とだけ答えた。

ケイはさらに尋ねる。

「昨日、その猫をみませんでしたか？」

多少の期待はあったが、少年は首を振った。

「昨日はいなかった。たまにしかいない。週に一回くらい」

要するに、この辺りが猫の縄張りだったのだろう。それだけでは調査が進展したとはいえないけれど、初めから期待もしていない。

ありがとう、じゃあ、と手を振ってもよかった。でもケイは、もうひとつだけ質問をしてみた。

「ところで、なにをしていたんですか？」

こんな雨の中で、じっと壁をみて。少年の瞳《ひとみ》は真剣だった。猫捜しには関係がないだろうけれど、気になったことも確かだ。

少年は答える。

「穴を探してるんだよ。みんな、嘘だっていうから」

穴。壁の穴？

「もしかしてそれは、手の形をしている穴？」

尋ねると、少年の目が丸く広がる。

「知ってるの？」

ケイは頷く。

「目の前で、勝手にふさがる穴」

「うん。オレ、みたんだ」

いなくなった猫と手の形に開いた穴。そのふたつが繋《つな》がっている可能性も、一応は考えていた。リセットを使ったことで壁の穴が生まれたのなら、疑う理由は充分にある。でもふたつが、どう係《かか》わり合っているのかはまだわからない。

中野智樹の話を思い出す。彼によれば、手形の穴がみつかったのは尽辺山のふもと、川原坂の辺りだった。この公園からはずいぶん離れている。芦原橋高校を挟んで、ほぼ反対側だ。

「その穴をみつけたのは、いつですか？」

「昨日の学校の帰り道。手の形に穴が開いてて、すぐに閉じた」

「何時ごろでしたか？」

「三時か、そのちょっと前。たぶん」

符合する。それは、猫が誘拐された時間だ。

真剣な表情で、少年は言った。

「きっと幽霊だよ」

いや、違う。人間だ。誰かが意思を持って使った能力だ。

「そのときのことを、なにか覚えていませんか？　たとえば近くにいた人とか」

少年はうつむいて、しばらく考え込んでいる様子だった。やがて小さく、あ、とつぶやく。

「猫が、鳴いてた」

彼はこちらを見上げて、
そう言った。


それぞれの意味が明確ではないまま、だが確実に情報は集まりつつあった。

誘拐された猫、壁に開いた手形の穴、野ノ尾の能力をキャンセルした能力者、それからマクガフィン。きっとどれもが、共通の背景を持っている。

傘を握って歩きながら、ケイは考える。それらのピースは、どう繋がる？　可能性にはいくつか思い当たるが、それらは推測というより、空想と呼ぶべきものだった。まだ情報が足りない。

　雨はアスファルトを叩《たた》き続けている。その音は、どちらかというと好きだ。単純で些《さ》細《さい》な音の連続には静けさを感じる。静かなのは、心地いい。

　でも、雨に関するそれ以外の大半は嫌いだ。水不足が解消されるのは幸福なことだと思うけれど、あまり実感を持って喜べない。空気そのものが持つ湿気や、ずっと握りしめていなければならない傘は、明確に嫌いだと断言できる。たとえば片手に鞄《かばん》を持ち、もう片方の手に傘を持っているとき、携帯電話が鳴り始めたらどう対処すればいいのだろう。傘はそろそろ、ふわふわと空中に浮かぶようになってもいい時期だ。

　そんなことを考えていると、本当に携帯電話が鳴り始めた。ケイはすぐ近くにあった店の軒先に入り、傘を畳んで鞄と同じ手に持ち直してから、電話に出た。意外とどうにでもなるものだ。

　電話からは少し低い女の子の声が聞こえる。

「もしもし、春埼です。ケイですか？」

「うん」

　電話越しに聞く春埼の声は、なんだか普段とは少し違っている。一度電波に変換されているからだろうか？　音の芯《しん》がわずかに振動していて、緊張しているようでもある。

　彼女は言った。

「壁に開いた穴について、調べてみました」

「お疲れ様。どうだった？」

「現場に行ってみたんですが、そこでU研の人たちに会いました」

「へぇ。皆実さん？」

「彼女もいました」

たしかに、彼女たちが興味を持ちそうな話ではある。

「それで？」

「聞き込みを手伝うかわりに、彼らが知っていることを教えてもらえました」

「いいね。情報収集は、人数が多い方が効率的だ」

「はい。それに、彼らはすでにいくつか、知っていることがありました」

「へぇ。面白いね」

穴が目撃されたのは昨日の午後のことだ。今日は学校もあった。いくらU研が調査に熱心でも、まだほとんど行動できていないはずだ。それでもU研が穴のことを詳しく知っていたなら、その理由は限られる。

春埼は言った。

「壁に手形の穴が開いて消える、というのは、今までにも何度か噂になったらしいんです。前回は、およそ一年前」

「どんな噂だったの？」

「壁の穴を、彼らは死神の通り道、と呼んでいたらしいです」

「ずいぶん小さな死神だね」

穴が手のひらの大きさなら、死神も手のひらサイズだということになる。

「死神の身長は聞いていませんでした。質問しておきましょうか?」

「いや、ただの冗談。どうして死神なの?」

「一年前、穴がみつかったすぐ近くで、同じ日に交通事故が起きたみたいです。死神は壁を抜けて移動し、出会った人を殺す、という噂でした」

「なるほど。で、今回はそこで誘拐事件が起きたわけだ」

「どういうことですか?」

「昨日、猫がいなくなった場所で、壁の穴が目撃されている。時間もだいたい野ノ尾さんから聞いていたのと一致する」

猫は生きている。だから、犯人は死神じゃない。実は猫に死神がとり憑《つ》いていて、そのせいで明日《あした》の朝、猫が事故に遭うというのなら話は変わってくるけれど。

「一年前に事故に遭った人は、亡くなったの?」

もし会えるのなら、話を聞いてみたい。

「わかりません。U研の人たちも、それほど詳しくはないようでした」

「手形の穴の噂は、大勢が知っているものなのかな?」

「いえ。皆実さんも今日、初めて知ったと言っていました。そもそも死神の通り道と名づけたのもU研のようですから、当時の部員のほかは知らないのかもしれません」

「ま、そんなところだろうね」

　壁の穴と交通事故を繋げて考えるのは、U研くらいだろう。部員たちも、本心ではそのふたつが繋がっているなんて、考えていないのかもしれない。彼らは真実の探求よりも、フィクションのリアリティを向上させるために調査を行っている節がある。

「それで、今日の聞き込みの結果は？」

「彼らにつき合って、穴の近くで事故が起こっていないか調べました」

「あったの？」

「未確認ですが、近くの通りで小さな子が転んだみたいですよ」

「それが死神の仕事なら、ずいぶん平和的だね」

　もちろん無関係だろうけれど。よく調べたな、と素直に感心する。転んだ子供のことよりも、「穴の近く」をすでに割り出していることが有益だ。

「穴が空いた場所と、その時間を、できるだけ教えて欲しい」

「はい。メモしています」

　彼女は淡々と告げる。

　手形の穴の目撃情報は、三件あった。時間は夕暮れ時——午後七時になる少し前からの、三〇分間ほどだ。場所と照らし合わせると、北西の方向から川原坂へと向かって、穴が移動している印象だった。死神というのは別にして、たしかに「通り道」と表現したくなる気持ちがわかる。

「なにかわかりましたか？」

と春埼が言う。

ケイは答えた。

「死神は、二度移動している」

「え？」

「猫が誘拐された公園の近くだけ、穴があいた時間も場所もずれている」

「情報が偏っている可能性があります。今日は、川原坂の周囲だけで聞き込みをしましたから」

「だとしても、君が教えてくれた三つの穴は、ほぼ一本の線で繋がる。でもそこに公園のものを加えると、移動経路がよくわからなくなる」

壁に開いた穴がこの四つですべてだとも思えなかった。川原坂の方が線になったように、公園の方も線で繋《つな》げる穴があったのかもしれない。午後三時ごろと、七時ごろ。死神は二度移動していると考えるのが自然だ。

「穴はやっぱり、勝手に塞《ふさ》がったの？」

「はい。様子はすべて同じです。あまり大きくない手形で、少し時間が経つと塞がるみたいです。穴ができる現場を目撃した人はいませんから、どのくらいの時間で閉じるのかはわかりません」

「穴をみつけてからふさがるまで、いちばん時間が長かったのは？」

「二、三分のようです」

なぜ、壁に穴を開けたのか。なぜ、壁の穴がふさがるのか。そしてなぜ、すぐにはふさがらないのか。どれも理由がわからない。いったいどんな能力を、どんな意図で使えばこんな現象が起きるだろう？

「今日わかったことは、以上です」

と春埼が言った。

「了解。助かったよ」

「明日はどうしますか？」

「もちろん朝、猫が事故に遭った現場に行ってみる。その後のことは、それから決めよう」

猫が現れるなら、そのまま確保すればいい。現れないのであれば、まだもう少し考えることがありそうだ。

「わかりました。時間は？」

尋ねられて、考える。

「朝六時、かな」

パン屋の店員は、午前八時から九時の間に車のブレーキ音を聞いたと言っていた。ならその時間だけを見張ればいいのかもしれないけれど、一応は店が開くころから警戒することに決める。ブレーキ音が本当に、猫が事故に遭った時刻なのかわからない。一方で、もしパン屋の開店よりも前に猫がひかれていたなら、シャッターを開けるときに目に入っていそうなものだ。

「集合は、パン屋の前ですか？」

「僕ひとりでも大丈夫だと思うよ」

それほど人手がいる作業ではない。それに、猫が現れない可能性もある。空振りするなら、人数は少ない方がいい。

春埼は、やや強い口調で言った。

「私もいきます。コーヒーか紅茶を淹《い》れていくので、一緒に焼きたてのパンを食べましょう」

なるほど。それは素敵な計画だ。

「わかった。楽しみだよ」

「コーヒーと紅茶、どっちがいいですか？」

「紅茶かな。コーヒーはよく飲むから」

「わかりました」

電話を切る前に、彼女は小声で言った。

「明日は遅刻しないでくださいね？」

ケイはできるだけ普段通りに答える。

「うん。気をつけるよ」

春埼はリセット前、智樹の能力を使って同じメッセージを送ったことを知らない。あの騒々しいメッセージを、もう覚えていない。リセット前の出来事について、ケイは春埼に嘘をつかないけれど、でも起こったことすべてを言葉で説明できるわけもない。結局、リセットした時間の記憶を持っているのはケイ独りきりだ。そのことが誇らしかったころもある。でも最近は、ほんの少し寂しいだけだった。

＊

通話を終えて、ケイは携帯電話をポケットにしまう。

それから商店街に向かった。風景に溶け込んでつい見落としそうになる公衆電話の受話器を手にして、コインを投入する。もう何度も繰り返してきたことだ。非通知くんと話をするための、慣れ親しんだ手順だ。

情報が足りない。求めているのは、壁に空いた穴に関する情報だ。明確な答えは得られなくていい。同じことが可能な能力を教えてもらえればいい。あるいは、また秘密だといわれても、その言葉が手がかりになる。

けれど、電話は繋がらなかった。何度かけても、本当にただ無機質な女性の声でアナウンスが聞こえるだけだ。その息遣いも、決して変わらない。

ちょうど二〇回目のアナウンスを聞いてから、ケイはコインを財布に戻した。それから津島にメールを入れる。

——非通知くんがいません。

こんなことは、今まで一度もなかった。彼はいつも電話の向こうにいた。この電話以外で、非通知くんと連絡を取る手段なんて知らない。

電話の向こう側にしかいなかった非通知くんが、別のどこかに消え去ってしまった。

5　七月一四日（金曜日）——前日

七月一四日金曜日、猫が事故に遭う予定の日。

ケイは午前五時を少し過ぎた頃にベッドから抜け出した。ひどく眠い。窓の向こうでは、日づけが変わるころに一度降りやんだ雨が、再びざぁざぁと地面を叩《たた》いていた。

顔を洗って、制服に着替えて、ケイは部屋を出る。雨の中パン屋に向かった。

九時ごろまで見張るとなると、学校には遅刻することになる。でもそちらは津島がなんとかしてくれるだろう。奉仕クラブの活動も、それなりには——他の部活動が、大会に参加するためやむなく授業を休むのと同程度には——価値を認められている。

ケイがパン屋の前に到着したのは、約束の時間の五分ほど前だった。店の前には、もう春埼と、そして野ノ尾がいた。あの社以外の場所で彼女に会うのは初めてだ。青い傘をさして商店街の街角に立つ野ノ尾は、どこにでもいる高校生にみえた。

周囲に猫の姿はない。よかった。少なくともまだ、事故は発生していない。

「おはよう、早いですね」

ケイは軽く手を上げて声をかける。まだ完全に眠気が抜けきっていないからだろう、自身の声が少しくぐもって聞こえた。

春埼は「おはようございます」と答える。

野ノ尾はただ頷《うなず》いただけだった。目が眠たげに細まっている。たぶん彼女も、早朝に弱いのだろう。

ケイもそれ以上、口を開く気になれず、彼女たちと一緒にぼんやりと辺りを眺めていた。早朝の街に人は少ない。雨が降っているからだろう、犬の散歩をする人もいない。

ちょうど六時に、パン屋のシャッターが上がった。それから三〇分の間に、パン屋を訪れた客はひとりだけだった。スーツを着た二〇代の女性だ。この三〇分間、パン屋は彼女のためだけに店を開けていた。

六時三〇分。二番目の客として、ケイたちもパン屋に入る。道を見張る必要があるから、一人ずつ交代で。

店内の棚は、まだ五割ほどしか埋まっていなかった。ケイはその中から、焼きたてのものを選んで、ふたつパンを買う。たっぷりチーズが入った小さなフランスパンと、野沢菜が入った薄いパン。春埼はホイップクリームをサンドしたクロワッサンを買い、野ノ尾はアンパンと牛乳を買った。

焼きたてのパンは美味《おい》しい。とても当たり前に美味しい。タイミングというのは重要だなと、ケイは思う。なにもかもが最適なタイミングで進めば、たいていのことは上手《うま》くいく。その反対なら、猫が事故に遭って死んだりする。早起きすれば焼きたてのパンが食べられるのと同じように、なにもかもの最適なタイミングがもっとわかりやすく提示されていればいいのに。

春埼が水筒のフタに、紅茶を注いで差し出してくれる。それを飲み終えるころに、ようやくケイの頭から眠気が抜けた。

「猫はくると思いますか？」

と、春埼が言った。

「微妙なところだね。きてくれると、安心できるけど」

野ノ尾はアンパンにかみつき、それから瓶入りの牛乳を飲む。

「少し確認してみよう。浅井、なにか無駄話をしてくれ」

「んー。昨日見た夢の話とかですか？」

「とりあえずそれでいい。どんな夢を見た？」

「良い夢でしたよ」

というのは嘘だ。無秩序で、訳のわからない夢だった。

仕方がないので、適当に作り話を口にする。

「とても可愛い女の子がいて、しかもお金持ちで、周りがちやほやしてくれるんです」

「その子が君の恋人になるのか?」

「どうだったかな。もしくは僕自身がその女の子か、ですね」

答えながら、ケィは辺りを見回した。猫は現れない。車も通らない。事故の気配は、まだどこにもない。

「君は女性になりたいのか?」

「別に性別はどっちでもいいけど。お金持ちにもなりたいし、ちやほやもされたいですね」

とりあえずわかりやすい幸せの形ではある。

「でも、男に告白されたりするんだろう?」

「どっちかっていうと女の子に人気があるんですよ。年下の」

本当にどうでもいい話だった。別に年上の女性に人気でもいい。平和的で幸福なら、それでいい。

「野ノ尾さんは夢をみましたか?」

「みたと思う。でも、よく覚えていない。目が覚めたとき、なんだか少し寂しかったような気がする」

「思い出したいですか?」

「別にいい。――だめだな。上手く能力を使えない」

困ったものだ。さすがにその辺りでちょっと眠ってくれともいえない。彼女の能力は意外に発動条件が難しい。意図的に意識をぼかすというのは、構造そのものが矛盾しているように感じる。禅でも学べばよいのだろうか。

それからもしばらく話を続けてみるけれど、やはり上手くいかなかった。猫が事故に遭う予定の時刻が近づいていることで、野ノ尾も緊張しているのかもしれない。

ケイはそれほど、今日猫を助けることに拘《こだわ》っているわけではなかった。絶対に達成しなければならないのは、確実な情報を手に入れることだ。事故に遭う正確な時間、正確な位置、猫が現れる方向、事故を起こす車。

それだけわかっていれば、次にリセットしたときには間違いなく猫を助けられるはずだ。なんなら猫が道路に現れる時間に、道の真ん中に立っていてもいい。発煙筒でも掲げて。さすがに車も止まってくれるだろう。多少は叱られるかもしれないけれど、頭をさげて聞き流していればそれでいい。

時間はゆっくりと進む。パン屋の利用者も増えて、車も頻繁に通るようになった。携帯電話の時刻表示を見る。七時三〇分。猫が現れるには、まだ少し早いだろうか。

「もしも彼がやってこなかったら、君はどうするんだ？」

と、野ノ尾は言った。

「とくになにもしませんよ。事故は回避できたということだから。野ノ尾さんに、猫の無事を確認してもらって、それでおしまいです」

それは、本心ではなかった。村瀬陽香の依頼の真意が理解できなければ、やはり不安が残る。でも無意味に野ノ尾の不安を煽《あお》る必要はない。

「野ノ尾さんは、どうするつもりですか？」

「しばらく彼の様子を見守るよ。飼い猫になって、それで幸せなら別にいい。また野良《のら》に戻るなら、それはそれで別にいい」

「もし猫を拾った人物がわかれば、教えてもらえますか？　できれば元気な姿をみておきたいから」

「ああ。わかった」

ケイが受けている依頼の内容は、あくまで猫を助けることだ。でもその裏側には、おそらく別の意図がある。誰の、どんな意図なのかはまだわからない。そこに深入りするべきなのかも判断がつかなかった。すべてを知りたいという、単純な好奇心もある。一方で不必要に首を突っ込むと、余計な問題を生む可能性もある。

――僕たちが利用されて、誰かが幸せになるなら喜ばしいことだよ。

と、以前春埼に言った。その言葉に嘘はない。だが、もしも知らないうちにリセットが悪用されているのだとすれば、見過ごすわけにはいかない。

そんなことを考えていた時だった。

「声だ」

と、野ノ尾が言った。そして走り出す。

よくわからないが、ともかく後を追う。

「声って、猫の？」

ケイには聞こえなかったけれど。

「間違いない。彼だ」

「耳がいいんですね」

「ああ。目もいいぞ」

野ノ尾は細い路地に入る。それに続いて、ケイと春埼も。角を曲がる直前、ケイにもか細い鳴き声が聞こえた。

立ち止まる。

路地の先に、猫はいた。灰色の、尻尾《しっぽ》の先が曲がった猫だ。彼は細い腕に抱かれている。猫を抱く人物には見覚えがある。でも、ここで会うとは思っていなかった。

彼女は——村瀬陽香は、記憶の通りに不機嫌そうな瞳《ひとみ》で、眼鏡の向こうからこちらを睨《にら》んでいる。猫がまた鳴き声を上げて、腕の中から跳び降りた。彼はそのまま野ノ尾に駆け寄り、彼女の足にその毛並みをこすりつける。村瀬はその様子を、じっと睨みつけている。

誰も口を開かなかった。春埼も野ノ尾も、村瀬の顔を知らない。彼女が誰だかわからないのだろう。ケイもこのタイミングで現れた彼女にどう声をかければよいのか、判断に迷っていた。でも、いつまでも黙り込んでいるわけにはいかない。

「おはようございます、村瀬さん。僕のことを覚えていますか？」

ケイは努めて軽く言う。一方で、彼女の表情を詳細に観察していた。リセットの効果を受けているのなら、彼女にとってもケイたちは初対面のはずだ。

村瀬が口元に力を込めたのがわかった。だがすぐに、彼女は背を向けて歩き出す。

「待って」

声をかけるが、村瀬は振り返らない。ケイは反射的に後を追う。

村瀬陽香が、なにか呟《つぶや》いたような気がした。

直後、彼女の体が宙に浮かびあがり、建物の向こうに消えた。

6

「──ということが、あったんです」

昼休み、ケイは津島と共に、奉仕クラブの部室にいた。

奉仕クラブには、ケイと春埼の他にも何人かの生徒が所属している。たいてい一学年に二、三人は奉仕クラブに勧誘されるし、断る例は少ない。

でも、部室はあまり使用されない。他のクラブのように、顔を合わせて共通の趣味に関する作業を進めるわけではない。運動部のように着替えるスペースも必要ない。そもそも部員の人数がそれほど多くないし、友達と申し合わせて入部するクラブでもない。部室に顔を出す必要も、楽しみもなかった。ケイだって、腰を据えて津島と話をする場合くらいしかこの部屋を使わない。

部屋の中にはコーヒーの香りが漂っている。机の上にあるコーヒーメーカーは津島が勝手に持ち込んだものだ。この部室を最も利用しているのは、おそらく彼だろう。

「それで、猫はどうなったんだ？」

いつも通りに無精ひげの伸びた顎《あご》をなでながら、津島は言った。

「野ノ尾さんが連れて帰りましたよ」

「つまり、猫は助かったんだな。ならよかったじゃねぇか。ミッションコンプリートってやつだ」

もちろん、その通りだ。今のところ誰も不幸にならず、小さいけれど尊い命がひとつ救われた。今回は猫だったけれど、人間でも同じことは可能だろう。春埼美空のリセットはその有用性をまたひとつ証明し、報告書を書けばシュークリームの代金も部費で落とせる。

奉仕クラブの仕事はここまでだ。この先、なにをしようが、ただの好奇心でしかない。仕方がないので、ケイは好奇心で尋ねた。

「結局、村瀬さんの目的はなんだったんですか？」

「さぁな。猫を助けたかったんだろ」

「本当にそれだけですか？」

「ほかになにがあるってんだ？」

わからない。けれど、繋《つな》がりそうに思えた様々な断片が、結局は繋がらないまま終わりを迎えた。今回の出来事に関して、ケイからはごく狭いひとつの側面しかみえていないのだろう。全体を知りたいと考えるのは我儘《わがまま》だろうか。そうかもしれないな、とケイは思う。

津島は出来上がったコーヒーをマグカップに注ぐ。「飲むか？」と聞かれ、ケイは首を横に振る。七月だというのに湯気の立つコーヒーに口をつけて、津島は言った。

「お前は上手《うま》くやったよ。猫は助かって、依頼は達成した。明日になれば雨も上がる。これ以上、なにを求めるっていうんだ？」

その通りだ、とケイは思う。

そう思い込むように自分に言い聞かせる。

もちろん気になることは、いくらでもあった。村瀬陽香の目的、壁に開いた穴、マクガフィンの意味、非通知くんの行方——でも、それらはすべて、もう津島に報告したことだ。調査を命じられたわけでもない。

管理局は優秀な組織だ。疑っても仕方がない。同じように、津島のことも。様々な疑問点は、ケイの知らないところで、勝手に解決していくのだろう。あるいはそもそも解決しなければならない問題なんて、何ひとつないのかもしれない。

「最後に、ひとつだけ教えてください」

「なんだ？」

「今回の依頼は、管理局を通したものでしたか？」

「もちろん。奉仕クラブを動かすには、管理局の許可がいる。お前だって知っているだろ？」

「では、村瀬さんがまず依頼を持ち込んだのは管理局ですか？　それとも、津島先生ですか？」

「質問は、ひとつだけじゃなかったのか？」

「僕は同じことを尋ねているんです」

つまり、今回の依頼は津島が独自に引き受けたものではないのか？　管理局の存在意義は能力によって起こる問題を排除することで、能力を使って世の中に貢献することではない。それが管理局の理性で、正義だ。一匹の猫のためにリセットを使う許可を出すのは、管理局の在り方に反している。

だが本来であれば管理局が拒否する依頼を、津島なら引き受けさせることができるかもしれない。その場合、今回の依頼の目的には、ケイが知らないなにかが設定されていたはずだ。事故に遭うはずの猫を助ける、なんて夢のような目的ではなくて、もっと管理局にとって意味のある、冷静な目的が。

　津島は笑う。

「どちらでも同じだよ。管理局が引き受けて俺が動いたとしても、俺が引き受けて管理局を動かしたとしても、お前の立場は変わらない。管理局はすべて把握している。この先、なにが起ころうと、お前のミスじゃない。管理局が責任を持って対処する」

　彼はなにか隠している。隠していることを、隠そうとしていない。おそらく、こちらに情報を与えるタイミングを操作している。なんのために？

　――いや、そうじゃない。

　今、考えるべきことは、もっとシンプルだ。津島を信じるべきか、疑うべきか。信じよう、とケイは決める。少なくとも津島は、悪人ではない。

「わかりました。報告書は、週明けに提出します。何枚か領収書もあるので、それも」

「急がなくてもいいぞ。月末までにあればいい。それから――」

　マグカップにミルクを落としながら、津島は言った。

「最後にセーブしたのは、昨日の昼間だな？」

「はい。七月一三日、一二時五九分、一五秒です」

「そうか。当分はリセットを使うな」

「いつまでですか？」

「セーブから七二時間後、リセットできるぎりぎりの時間まで」

津島はまだ、なにかを警戒している。警戒していることまでは、こちらに伝えていいと判断している。その先は、なぜ隠す必要があるのだろう？　——まだ、とケイは笑う。信じようと決めたのに、すぐに疑うようなことを考えている。なかなか素直にはなれないものだなと思った。

「わかりました。問題ありません」

しばらくは、リセットが必要になることもないだろう。このあとの予定といえば、明日の夜に春埼と夏祭りにいくことくらいだ。

そう考えて、ケイはつけ加えた。

「そうだ。明日の朝、奉仕クラブの仕事があることにしてください」

「どうしてだ？」

「リセットの前に、村瀬さんからの依頼が理由で、クラスメイトの誘いを断ってるんですよ」

皆実未来からの、吸血鬼探しの誘いだ。リセットする前と違う行動は、極力取りたくない。どんなことがきっかけで、なにが起こるかわからないのだ。人の未来を無闇に変えてしまいたくない。

「わかった。もし訊《き》かれればそう答えておく」

「それから明日の朝、春埼とモーニングを食べる予定ですが、部費で落ちますか？」

「リセット前に、村瀬に会った喫茶店か？」

「ええ」

「お前はこだわり過ぎだ」

「意外と美味《おい》しかったんですよ、そこのトーストが」

「好きにしろ。問題ない」

津島はコーヒーをスプーンでゆっくりとかき混ぜ、カップに口をつけた。そして顔をしかめる。彼はいつも、ひどく不味《まず》そうにコーヒーを飲む。なにか歪《ゆが》んだ美学があるのかもしれない。ひげは週に一度しか剃《そ》ってはいけないとか、年長者はコーヒーを不味そうに飲まなければならないとか。

「じゃあな。次の授業に遅れるなよ」

そう告げて、彼はマグカップを手にしたまま立ち上がる。でも普段なら彼は、コーヒーを飲み終えてからこの部屋を出る。

「忙しそうですね」

「それなりにな」

「なにをしてるんですか？」

「教師の仕事だよ。今は不登校の生徒の説得だ」

「津島先生が？」

ケイは顔をしかめてみせる。無精ひげのまま、家庭訪問しているのだろうか。

「当たり前だろう。教師は生徒に、学校にこいと言うもんだ。耐えがたい仕事だが、仕事である以上耐えるのが大人ってもんだ」

「嫌々ですか」

「嫌々だよ。だって面倒だろ、学校って」

それはそうだけれど、教師が言ってはいけないセリフのような気がする。とはいえ、気がするだけで理由もない。

「嫌々来いって説得してるんですか？」

「それじゃ無理だと気づいたから、学力の必要性を説いたりした」

「それで？」

「テストしてみたら、満点取られた。悔しいからひっかけ問題満載にしたら、こんなもん学校で習うのかと言われたよ。反論できないだろ」

「もっと、友達の素晴らしさとかの感情論を使ってみたらどうです？」

「そんなもんで誰が納得するんだよ。だいたい、感情で人を説得していいのは子供か美女だけだ」

まったくその通りだ。ケイは黙って笑っておいた。

彼は立ったままコーヒーカップに口をつけて、小さなため息をつく。

「ゆっくり、慎重に進めるよ。小まめに連絡だけは入れている。説得のしようもないなら、しばらく好きにさせるのがいちばんだ」

「それで学校に来るようになりますか？」

「どうかな。でも、叱るにせよ励ますにせよ、タイミングが重要だ」

津島はどこか人懐っこい笑みを浮かべる。きっとそれも、教師としての技術のひとつなのだろう。表情ひとつで生徒との距離を詰める術《すべ》を知っている。

「高校生くらいになりゃ、大抵やるべきことを自覚してるもんだよ。できるのかできないのか、どんな方法が有効なのか。そういうのはわからなくても、答えだけは知っている。なら教師は、答えを教える必要はない。ただ生徒に利用されていればいい」

その方が楽でいい、と津島は言った。そのままこちらに背を向けて、マグカップを手にしたまま部屋を出る。

ドアが閉まってから、ケイは椅子の背もたれに身体を預けた。自然と天井を見上げて、猫と、村瀬の関連性について考える。いくつかの予想を立てて、その可能性を吟味する。それからひとり笑った。思考というのは自動的なものだなと思う。考えようとして考え始めることはできるけれど、考えないでいようとしても、そうするのは難しい。

納得しよう、と胸の中でつぶやく。依頼は終わったのだ。猫の捜索に関するいくつかの出来事を、わざわざ忘れる必要はない。でも同じように、あえて関わろうとして周囲をかき乱す必要もない。

ケイも席から立ち上がり、部室を出る。

些細《ささい》な問題なら、日常に満ち溢《あふ》れている。あの階段に向かって、春埼の隣で昼食を食べて、それからまったく別の――自分自身の問題について考えよう、と思った。

放課後になると雨脚はずいぶん弱まり、霧の粒が落ちているようだった。

春埼美空はケイを誘って、帰り道のルートを外れた。彼女がそうしようと決めたのは昼休みのことだった。ケイが津島と話しているあいだ、春埼はひとり、いつもの階段の踊り場にいた。そしてケイがやってくるのを待っていた。

＊

春埼には、屋上に近づくたびに思い出す記憶がある。とても断片的な、一枚の写真のような。

彼女はケイと、そして二年前に死んでしまった少女に関する記憶だった。

ケイと彼女はケイにとって重要な意味を持つ人物だったのだろうと思う。春埼の記憶の中で、ケイと彼女は抱き合っていた。中学校の、いちばん南にある校舎の屋上でのことだ。彼女がケイにもたれかかり、彼はその身体を優しく抱き止めていた。この記憶がもしも本当に写真だったなら、誰の目にも恋人同士にみえただろう。

ふたりがつき合っていたという話を、春埼は聞いたことがない。確認をしたこともなかった。今、思い返してもケイと彼女の関係は、一般的な恋愛とは違うように思う。でも考えてみれば、春埼には一般的な恋愛というものがよくわからないから、なんの根拠もない印象だ。少なくともふたりが、互いを特別視していたのは間違いない。そしてあの光景を思い出すたびに、春埼は言葉にし難い不安を覚える。彼女が死んで二年経った今も、まだ。

だから、という接続詞で正しいのか、春埼自身にもわからない。でもとにかく屋上のことを考えたすぐあとに、今日の放課後をケイと共に過ごそうと決めた。猫捜しは終わったのだ。彼の迷惑になることもないだろう。

ケイはあっさりと春埼に同行することを承諾した。過去を鑑みて、彼が理由なく春埼の誘いに乗る確率は五割程度だった。そう珍しいわけではないけれど、それでも半分の確率に勝利できるのは幸福な出来事だと思う。

「どこに行くの？」

とケイが言う。

難しいところだ。本当は浴衣《ゆかた》に合う髪留めを探しに行きたいが、装飾品をみて回るのは彼の好みから外れそうだ。でも彼の好みに合わせすぎると、喫茶店で本を読み続けるような展開になるので注意が必要だった。バランスを心がけなければいけない。

「とりあえず本屋に行きましょう」

「商店街の？」

「美倉《みくら》まで行っていいですか？」

「もちろん」

美倉書房というのは、郊外にある大型の書店だ。少し距離はあるけれど、そのぶん品揃えがいい。そして向かう途中に和風の商品を扱う小物屋がある。あそこなら髪留めも置いているだろうし、少し覗《のぞ》くくらいならケイも嫌な顔はしないだろう。そもそも滅多に嫌な顔をしないから対応が難しいのだけれど。

ケイはビニール傘越しに空をみあげる。

「帰り道には、ちょうど雨も上がるね」

彼が言うなら、それは真実だろう。実際に体験したことを口にしているのだから外しようがない。

ふたり、並んで歩く。ぎりぎり傘が触れないくらいの距離だった。少し離れすぎているな、と春埼は思う。やっぱり並んで歩くなら晴れの日がいい。

雨の降る街は物静かだった。帰路につく生徒たちの口数も自然に減っている。春埼もケイも、普段よりは言葉が少ない。

静かに歩くことに、大きな不満があるわけでもない。ケイに出会って、およそ二年。これまで様々な話をしてきたし、改めて尋ねるべきことも、今は思いつかない。それでもやはり会話はあった方が楽しい。おそらくケイのことを完全に理解するのは、どれだけ時間をかけても不可能だろう。相手が誰であれ、人間ひとりを隅々まで理解できるとは思えない。でも、そのパーセンテージを少しずつ上げることはできるはずだ。少なくともそれを望まないよりは、よほど有意義な結果が生まれるように思う。

些細なことでいい。春埼は会話を探す。

「最近、なにか本を読みましたか？」

ケイは読書を好む。割合としては一般的な小説が多いけれど、明らかに子供向けの絵本も読むし、よくわからない哲学書も読む。悲しい結末の物語は嫌いだというけれど、だからといってそういう本を読まないわけでもない。以前、小説が好きなんですかと尋ねてみたことがあった。彼は文字を読むのが好きなんだよと答えた。

「ちょうど今、読みかけの本があるよ」

「どんな本ですか？」

「児童書だよ。文字が大きくて、画数の多い漢字には全部振り仮名がついている」

彼はその本についての話をした。恐れられ、除《の》け者にされた、一匹の竜の話だった。

竜は悲しみながら、色々なところを旅する。どこにいっても、彼は受け入れられない。村に行けば悲鳴が上がり、森にいけば動物たちが逃げ出す。そして竜を倒そうと、兵隊が追いかけてくる。誰も傷つけたくない竜は、孤独な旅を続けるしかない。

「ある時、竜はひとりの人間に出会う。胡散臭《うさんくさ》いしゃべり方をする、みるからに信用できない男だった。でも、その男は竜を恐れなかった。友達になってくれるというから、竜は喜んで彼についていった」

「それで、竜は幸せになれるんですか？」

「どうだろうね。男は、やっぱり善人ではなかった。竜を使って村から人々を追い出して、その間に色々なものを盗み出した。農作物、猟銃、高価な衣類、神さまの像。みんな売り払ってお金にした。そのお金で彼は竜に安物だけど綺麗《きれい》なネックレスや、オルゴールなんかを買ってあげた。友達だからって言ってね」

その竜は、不幸なのか、幸福なのか。微妙なところだった。それまで仲間がひとりもいなかったのだから、誰であれ一緒にいてくれる人がいるのは幸せなことだろう。だからといって童話として、泥棒が許される可能性は低いように思う。

ケイは続きを話す。

「ところで、男には仲間がいた。竜と同じように、弱みにつけ込んでカラスや犬なんかを手下にしてたんだ。竜は少しずつ、彼らと仲良くなっていく。動物たちはみんな、泥棒が悪いことだと知っているから、ある日団結して男をやっつけようと考える。竜がいれば、人間なんかに負けるはずがないからね」

「それで、竜はその人をやっつけたんですか？」

「難しいところなんだ。彼はね、ぎりぎりのところで、いつもいい奴のふりをするんだよ。捕まった竜を逃がしてくれたり、食料がなくなったとき、最後の干し肉を半分くれたり。嘘をつくのが上手《うま》いんだと思う。村を襲う前は、必ずその村には悪者たちしかいないような話をするし、竜はそれを疑わない。動物たちになにを言われようと、彼のことを悪者だと思えないんだね」

その続きは読んでいない、とケイは言った。どこまでが事実だかはわからない。全部読んでいて知らないと言っているのかもしれないし、そもそもこの本の話自体、ケイが作ったものなのかもしれない。彼は稀《まれ》に暗喩《あんゆ》的な作り話をする。春埼はそこに隠された意味を全部理解したいと思うけれど、なかなか上手くいかない。

「竜はいったいどうすると思う？　男を裏切って、動物たちの味方をするのかな？」

「たぶん裏切らず、その人を改心させるんじゃないですか？」

「へぇ、どうして？」

「だって、それが一番幸せな結末だから」

ケイはしばらく、なにかを考えている様子だった。それから頷《うなず》く。

「なるほど、その通りだ」

彼にとって満足のいく答えを返せたようで、春埼は少し嬉《うれ》しくなった。


それからふたりは、色々な話をした。綿菓子みたいにふわふわした会話だった。口に含めば、すっと溶けてなくなるような。

最近聞いた新しい音楽と、何十年も前に生まれた歴史的な音楽についての話をした。もうすぐ訪れる夏休みと、その夏休みの素敵な過ごし方についての話をした。ケイは、夏に必要なものはラムネと花火だと言った。それからアイスクリームとかき氷、どちらがより優れているのかについて話し合った。互いに、どちらでもいいと思っていることを知っていた。

途中、春埼は髪留めを買う予定だった店をみつけた。ガラス越しに、並んでいる髪留めがみえた。その中の、右から二番目に飾ってある髪留めが綺麗。派手すぎない深い赤で、シンプルで、きっとケイも嫌いではないだろう。

でも、彼との話が途中だったから、なにも言わずにその前を通り過ぎた。明日、時間があれば買いにこようと思う。

本屋を往復して四〇分と少し。少し短いな、と春埼は思ったけれど、それを何倍しても満足できる数字にはならないような気がして、今日のところは納得しておくことに決めた。

7

唐突に、幽霊が現れた。

その夜ケイは部屋の明かりを消し、ベッドに寝転がり目を閉じて、今日の出来事を思い返していた。みつかった猫のこと、村瀬陽香のこと、その他のいくつかのこと。

それらひとつひとつの意味について考えていたとき、ふいに名前を呼ばれた。

女の子の声だった。――まず疑ったのは智樹の能力だ。彼がまた騒々しいメッセージをあのやっかいな能力で送りつけているのかと思った。でも、智樹の声は聞こえなかった。

仕方なく目を開くと、幽霊がいた。幽霊は薄暗い部屋に、ぼんやりと浮かんでいた。半透明で、皆実未来の形をしていた。

ケイは深呼吸をする。さて、一体どうしたものだろう。幽霊に出会うのは初めてだ。正直なところ言葉に詰まる。これが物静かな夜道なら悲鳴を上げることもできるけれど、なんの盛り上がりもなく気がつけば目の前に幽霊がいた場合、驚くべきタイミングもわからない。

そもそも幽霊の態度がよくないのだ。彼女はなんだか、照れたように頭を掻《か》いてほほ笑んでいる。

「えっと、こんばんは」

と彼女は言った。

これでは驚きようもない。ケイも仕方なく答えた。

「こんばんは」

それからしばらく、ふたりとも、口を開かなかった。ケイは体を起こして、ベッドの上であぐらをかいた。――さて、どうしたものか。混乱していたけれど、このまま幽霊とみつめあっていても仕方がない。

「皆実さん？」

尋ねると、幽霊は頷いた。やはり皆実未来らしい。なんてこった。

ケイはまだまともに働かない頭で、無理やりに言葉を探した。

「それで？」

たった三文字。あまりに漠然とした質問だったけれど、それでもこちらが聞きたいことは正確に伝わったようだ。

「気がついたら、こうなってたの。どうしてだと思う？」

「さぁ――」

幽霊といえば、どうしても死を連想するけれど。ここが咲良田である以上、幽霊になるのに死ぬ必要もない。他の場所であれば、死んでも幽霊にはならないだろう。

ケイは軽く首を振る。

「わからないけど、幽体離脱ってやつかな？」

そういう能力があったとしても、不思議はない。

皆実はなんの能力も持っていなかったはずだ。つまりは、いつ能力に目覚めてもおかしくない。能力に目覚める時期は個人差がある。大人になると確率は下がるけれど、高校生で能力を手に入れるのは、飛びぬけて遅いわけではない。

「幽体離脱？　凄《すご》い、超常現象だ」

皆実は興奮した様子で飛び跳ねた。宙に浮かんだままで飛び跳ねるというのもおかしな話だったけれど、ほかに表現のしようもない。

「ただの能力だと思うけど」

咲良田に存在する能力すべてが超常現象だといえば、その通りだ。

「これが、私の能力なの？」

「その可能性が高いんじゃないかな。ちょっと考えてみよう」

能力者は自身の能力を、いつの間にか理解している。とはいえ、説明書のようなものがあるわけではない。漠然と、こういったことができるのではないか、と思っているだけだ。

たとえば、空を飛べる能力者がいたとする。その人物は実際に空を飛ぶ前から、なんとなく飛べそうだぞという意識は持っている。でも、どれくらいの高さを、どれくらいの速度で、どれくらいの時間飛べるのかわからない。飛び立つ方法もわからなくて、そのまんま日常を過ごして、あるときふと空を飛ぶ。実際に宙に浮かぶまでは、本当に能力を持っているのか、ただの思い込みなのかも判断できない。

ケイは尋ねた。

「これまで、幽霊になれると思ったことは？」

「なりたいと思ったことはあるよ」

「なるほど。ほかに、なりたいと思ったものはある？」

「吸血鬼、魔法使い、変身ヒーロー、なんでもいいから能力者」

「その中で、いちばんなりたかったのは？」

「どれでもいいかな。どれも面白そう」

微妙なところだ。ケイは質問を変える。

「幽霊になって、いちばんしたいことは？」

「噂になることかな。口裂け女みたいな。小学生が盛り上がる噂がいいな」

「じゃあこれから、実際にそうしてみる？」

「んー。まずは一度、人間に戻りたいけど」

「戻れそう？」

「まったく。わけわかんない」

なにかわかった？　と皆実は首を傾げた。

なにもわからない、とケイは答えた。それから、ベッドの上で幽霊の女の子と話しているることに違和感を覚えて、立ち上がって部屋の明かりをつけた。

学習机の前の椅子に座りなおす。皆実は空中を、くるくると回っていた。

「どうしたの？」

「逆さまになってもスカートがめくれないよ。便利」

「それはよかった」

新しい能力が発生したなら、管理局に報告する義務がある。あとは向こうがマニュアルに従って、どうにでもしてくれるだろう。津島先生に報告しておこう。そう考えていると、皆実がするりと顔をこちらに近づけてきた。ちょっと怖い。

「浅井くん、もっと考えてよ。私、どうなったんだと思う？」

「じゃあ、そういう姿になった直前のことを教えてもらえるかな？」

「覚えてない。気がついたら、こうなってた」

へぇ、とケイはつぶやく。彼女が幽霊になる能力を持っていたとして、記憶を失うというのは違和感があった。能力には様々な制限があるから、そのひとつなのかもしれないけれど、外的な要因がある可能性もゼロじゃない。

「覚えていることを、順番に話して。学校が終わったころのことはわかる？」

「わかる。浅井くんに見捨てられた」

「結局、ひとりで吸血鬼を探しに行ったの？」

「うん。あ、幽霊山に行ったから、幽霊になったのかな？」

「なにか関係があるのかもしれないけど。吸血鬼はみつかった？」

「覚えてない。山に入ろうとした辺りから、思い出せないみたい」

「それは何時ごろのこと？」

「午後五時を、ちょっと過ぎたころかな」

もう六時間ほど前だ。

「その次の記憶は？」

「ついさっきだよ。二〇分くらい前」

「で、もう幽霊になっていた」

「うん」

記憶を辿《たど》る。彼女自身が、吸血鬼について語った内容だ。

「何年か前に、吸血鬼に襲われて倒れてた人がいたんだよね。その人がどうなったのか知ってる？」

その誰かが、本当に吸血鬼に出会ったのだとして、同じことが皆実の身に起こったのかもしれない。皆実に起こっているのが幽体離脱のような現象であれば、彼女の肉体は今、どこかに倒れているのではないだろうか。

思い出しながら答えているのだろう、彼女はゆっくりとした口調で言った。

「U研にあった資料だと、すぐに意識を取り戻したらしいよ」

「それで？　吸血鬼のことは？」

皆実が、あ、と小さな声を上げる。

「そうだ。その人も、記憶がなかったんだよ。だから吸血鬼の顔もわからなかった」

矛盾がある。脇道のような気もしたが、一応は確認する。

「顔は覚えていなかったけれど、吸血鬼に会ったことは覚えてたの？」

「へんだよね。たぶん吸血鬼っていうのは、U研がでっちあげたんじゃないかな。そっか、だからうちの部長も調査に乗り気じゃなかったのかも」

ま、そんなところだろう。

彼女の話には、ポジティブな情報がひとつある。以前、吸血鬼に会った人物は意識を取り戻している。なら皆実もすぐに元に戻るかもしれない。あまり楽観的に判断するのはよくないけれど、極端に悲観視しても仕方がない。もし彼女の身になにかよくないことが起こっていたのだとしても、リセットすれば解決するだろう。

でも、ネガティブな情報もあった。できればひとりで考えたくて、ケイは話題を切り替える。

「ところで、どうして皆実さんはうちに来たの？」

「だって浅井くん奉仕クラブだし。なんとかなるかなと思って」

「残念だけど、奉仕クラブへの依頼は管理局を通さないといけないんだ」

「え。クラスメイトなのに、ひどい」

「もちろん、個人的には協力はするよ。でも今夜は、一度家に帰った方がいい。もう遅い時間だ。家の人が心配しているよ」

「幽霊が帰ってきても、心配すると思うけど」

「津島先生を通して、管理局に連絡しておく。能力に関する問題であれば、すぐに動いてくれるはずだよ。心配ないって伝えといて」

彼女は不機嫌そうに顔をしかめた。あまりみない表情だ。

「もし私の身体が山の中に倒れてるんだとしたら、放っておくのは気持ち悪いな」

確かに、その通りだ。リセットするから大丈夫だよ、という話でもない。そもそもリセットのことは、クラスメイトには伝えていない。例外は智樹くらいだ。あまり気安く時間を巻き戻してほしいと頼まれても困る。

どちらかというと彼女を慰めるために、ケイは提案する。

「じゃあ、今から幽霊山まで行ってみようか?」

本当に、そうしてもよかった。でも、もし幽霊山に未知の脅威があるとして、ここでなにか大きな失敗をすれば——要するにケイ自身に問題が起これば、リセットも使えなくなる可能性がある。安全を保障できる手段を用意しておくべきかもしれない。

皆実は顔の前で、両手をぶんぶんと振る。

「さすがに、もう寝ようとしてた人を連れ出すのは申し訳ないよ。じゃあ、明日の朝、一緒に幽霊山まで行ってくれる?」

「いいよ。問題ない」

「あ。でも、明日は奉仕クラブの仕事があるんだよね?」

ケイは首を振る。それはリセット前に合わせた嘘だった。

「そっちはどうにかなる。気にしなくていいよ」

「ホントに?」

「うん。待ち合わせは、九時に花見崎神社の石段でいいかな?」

彼女が頷《うなず》いて、そういうことになった。

互いにおやすみと言い合って、皆実は閉じたままの窓の向こうに消えていく。幽霊というのは便利なものだ。

ケイはその後ろ姿を見送る。雨はもう上がっている。月明かりもない夜なのに、街の光に照らされて、ぼんやり輝く彼女は本物の幽霊みたいだった。その姿がみえなくなって、ケイはカーテンを閉じて、またベッドに寝転がる。

ネガティブな情報。

それは、幽霊になった皆実が現れたこと自体だ。リセットを使う前、彼女はこの部屋にやってこなかった。きっと幽霊にもならなかったはずだ。皆実に対しては、できるだけリセット前と同じ対応を心掛けていたはずなのに。なにが影響している？　どこで、彼女の未来が変わった？

くそ、と内心でつぶやく。リセットが原因だ。ケイが春埼に、リセットと指示を出したから、彼女は幽霊になった。幽霊は死を連想させる。二年前に死んだ少女のことを、意識しないわけにはいかない。

ともかく、今できることをしよう。まずは津島への連絡だ。彼を通して管理局に連絡がいくはずだから、メールを選ぶ。伝言ゲームは言葉よりも文章の方が精度が高い。

メールを打ち終えてから、次にケイはアドレス帳を開いた。不測の事態に備えて、保険を用意しておきたい。登録している番号のひとつを選び、発信する。

すぐにコール音が止み、向こうからテンションの高い声が聞こえる。中野智樹。彼の言葉を聞き流して、ケイは言った。

「悪いんだけどさ、ひとつ頼みたいことがあるんだ」

8　七月一五日（土曜日）――スタート地点

時計の針が、午前四時を指したのをみた記憶がある。その少し後にようやく眠れたようだ。

七月一五日土曜日の朝、ケイを起こしたのは中野智樹の声だった。

――グッモーニング、ケイ！　今回はお前からみれば昨日、七月一四日からお届けするぜ。

僕からみれば四日前だ、とケイは思った。

昨日、智樹はこのメッセージを送っていないはずだ。リセット前、春埼がメッセージを送るよう彼に頼みに行った時間、今回はケイと共に本屋を目指して歩いていた。この厄介な能力は、リセットを越えて発動する。一度「七月一五日にメッセージを届ける」と設定してしまえば、リセットして七月一五日を迎えるたびに同じメッセージが届く。つまり春埼のリセットよりも、智樹の能力の方が強度が高いのだ。

彼の声が天気を予報するよりも先に、ケイはカーテンの隙間から空をみた。快晴。そんなことはわかっている。世界がなにも祝福していなくても、晴れるときは晴れる。

やがて聞こえてくる声が、春埼のものに変わった。――明日は遅刻しないでくださいね？　ケイは小さなため息をつく。リセット前と同じように、今朝も彼女に喫茶店で会う予定だった。でも皆実の問題が生まれたから、昨夜のうちにキャンセルのメールを送っている。彼女からの返信はいつもの通りに淡々としていたけれど、多少は機嫌をそこねているだろう。二年前、あまりに無感情だった彼女に比べれば、不機嫌になるだけでも大きな前進だと言える。でも女の子の機嫌をそこねて良いことなんてひとつもないというのも、当たり前の事実だ。皆実との山歩きに、春埼もつれていければよかったのだけれど。もしものときのために、リセット能力者は絶対に守られなければならない。確率は低いだろうが、もし「吸血鬼」に出会うようなことが起こるなら、その場に春埼がいてはいけない。

あとでフォローを考えよう。とりあえずそう決めて、ケイは冷蔵庫に入っていたペットボトルのウーロン茶を一息に飲み干す。それから、カーテンを開けた。リセットを使う前とまったく同じタイミング――きっと、意味のないこだわりだ。けっきょくのところ、リセットの前と後では、ケイの行動はずいぶん変わっている。昨日、彼女と一緒に本屋に行ったのは、リセットの前の行動をなぞるよりも彼女からの提案を優先した結果だった。これから会うはずのなかった皆実に会い、登るはずのなかった山に登る。カーテンを開けるタイミングなんて、それらに比べればずっと些細《ささい》で、無意味だとさえ言える。でも無意味であることが、ルールを破る理由にはならない。

服を着替えているあいだに、智樹の声は聞こえなくなった。でも部屋を出て、皆実との待ち合わせに向かう途中、彼からのメールが入った。昨夜、智樹にケイの声を送ってもらうよう頼んだのだ。彼はその意味を知りたがっていた。これもリセット前にはしなかった行動のひとつだ。ケイは「気にしなくていい」とだけ返信した。

皆実との待ち合わせ場所には、花見崎神社の石段を指定していた。神社の裏から幽霊山に登れるのだ。途中までは野ノ尾がいる社へ行くのと同じ道順だった。さらにその山の西側は川原坂という地名で、壁に空いた穴がまとまってみつかった地域でもある。ピースが集まりつつあるのを感じた。でも、どれが必然で、どれが偶然なのだろう。まだはっきりとはわからない。

神社の石段に、皆実の姿はなかった。時間を確認する。午前八時五二分。約束の時間まで、まだもう少しある。ケイは石段に腰を下ろして、周囲の様子を眺めた。リセットの前と変わらず、祭りの準備が進んでいる。今夜、春埼と一緒に、この祭りでりんごあめを食べることはできるだろうか。

できればなんとかしたいところだ、と考えていると、耳元で声が聞こえた。

「ハロー」

反射的に振り返る。真後ろの石段から、人の頭が生えていた。皆実だ。

「おはよう。あんまり趣味のいい登場シーンじゃないね」

思わず叫び声を上げてしまうところだった。

彼女は楽しげに笑う。

「生首少女っていう都市伝説を考えてみたんだよ。こんな風に生首が転がってて、挨拶《あいさつ》してくるの。ちゃんと返事をしないと身体を奪われる。どう？」

「神社の石段をそういうことに使うのは、罰当たりじゃないかな」

「そうじゃなくて、小学生の噂になりそうか、っていうのがポイントなんだけど」

まあいいや、とつぶやいて、彼女は石段から抜け出てくる。ケイも立ち上がった。石段に足をかけると、彼女もふわふわと隣に並ぶ。

「昨日も、皆実さんはここを上ったのかな」

「うん。それは覚えてるよ」

「どこまで覚えてるの？」

「ちょうど、このあたりまで」

ふたりは鳥居をくぐり、社殿の前に出た。その裏手に回り、小さな階段をさらに上っていく。やがてその階段は、山道へと繋《つな》がる。舗装されていない、周囲に背の高い草が生えた道だ。ほとんどけもの道のようになっているが、人の手が入った形跡もある。片脇の立て札には、ハイキングコースと書かれている。

草で肌を切ってしまわないように気をつけながら、ケイは歩く。

「よく夜に、こんなところに来たね」

雨が降りやんだ時間を考えると、昨夜はもっと地面がぬかるんでいただろう。そう思って足元を見てみるが、足跡はみつからない。

皆実は少しだけ首を傾げた。

「もしかしたら、すぐに引き返したかも」

「つまり、吸血鬼探しにはそれほどこだわっていなかったの？」

「どうだろ。吸血鬼をみつけたいのは本当だけど、雨が降ったすぐあとに、山に登るかな」

「でも、少なくとも神社の前までは来た」

「うん。その先のことは、やっぱり思い出せない」

ごめんね、と彼女は言う。

「覚えてないものは仕方がないよ。思いつくことを、とりあえず試してみよう」

別に効率を求めているわけじゃない。皆実が納得できるなら、それでいい。もし山道に倒れている皆実の身体がみつかれば、それは意味のあることだけど、なにもみつからなくてもそれでいい。きっと管理局がもう動いているはずだ。猫の交通事故とは違う。今回は人間の問題で、能力がかかわっている。管理局は必ず、早急に手を打つ。最適な能力者を使い、最適な調査を開始する。なのにこの山道に足跡のひとつもないというのは、やっぱりここが外れだということなのかもしれない。

無意味ならそれでいい、とケイは思う。問題の解決は管理局に任せて、それまでのあいだ、皆実が混乱したり弱気になったりしないようにつき合っていればいい。

ケイは尋ねた。

「もし引き返したとして、次の行き場所に心当たりはある？」

「ご飯の時間だから、家に帰るんじゃないかな」

「ならここからの帰り道を調べてみてもいい。どうする？」

「んー。浅井くんは、どっちがいいと思う？」

「このまま、山道を進む方かな」

「どうして？」

「道路に女の子が倒れていたら、もうみつかって病院に運ばれているのが自然だよ。そうなれば管理局が気づくし、連絡が入るはずだ」

嘘をついたわけではなかった。でも本当の理由は、夏の日差しの中、山道を歩くのが思いのほか気持ちがよかった、その程度のことだ。まだ午前中だからか、七月にしては気温もそれほど高くない。もう一時間くらいなら心地よく山歩きができるだろう。

セミの声が聞こえる。地面に沈み込んでいくような、重みを持った声だ。日差しを受ける周囲の山々は黄緑色に輝いてみえる。その後ろで、空だけが鮮やかに青く、雲だけが鮮やかに白い。レジャーシートを持っていれば、適当に寝転がって過ごしてもよかった。本当に、そうしてもよかった。

皆実が言う。

「そうだ。調べてみたよ、マクガフィンのこと」

マクガフィン。彼女に春埼がそのことを質問したのは、木曜日の、セーブする一時間ほど前のことだった。ケイはあのときの、皆実の表情を覚えていた。

「なにかわかった?」

「少しだけね。U研のパソコンに、ほんのちょっとメモが残ってたよ」

U研が情報を持っている可能性は、充分にあったから驚かない。非通知くんが言っていたのだ。——辞書的な意味と、都市伝説的な話なら知ってる。U研は都市伝説の研究に熱心だ。自分たちでそれを生み出そうとするくらい熱心だ。

「どんなメモだったの?」

「簡単な噂話だよ。二、三年前に、ちょっとだけ流行《はや》ったみたい」

「へぇ。気になるね」

「なかなか、驚愕《きょうがく》の内容だったよ」

皆実は笑う。さも楽しげに、教室で浮かべていたのとまったく同じ顔で。彼女は見た目ほどわかりやすい少女ではない。明るい表情の大半は作り物だと、ケイは気づいていた。作り物でなければ、幽霊になって自身の身体の在り処《か》もわからない今もまだ、普段と同じように笑えるわけがない。

人差し指をたてて、彼女は言った。

「マクガフィンを手にした者は、咲良田の能力すべてを支配する」

ケイも笑う。

「それはすごい」

まるでファンタジーに出てくる予言みたいだ。清々《すがすが》しいくらいに現実味がなくって、考え込むのも馬鹿らしくなる。でも思考の一部は、簡単には休んでくれなかった。マクガフィンという単語を最初に持ち出したのは、津島なのだ。津島は管理局に所属していて、実際に今、咲良田の能力を支配しているのは管理局だ。

「ほかには、なにかわかった？」

「ううん。それだけ。うちのクラブでもちょっと調べたみたいだけど、出所もわからなかったみたい。かなりマイナーな噂だと思う」

「なるほど。ありがとう」

「吸血鬼探しが終わったらさ、ちゃんと調べてみよっかな、マクガフィン。私もちょっと興味出てきたよ」

「そもそも、どうして吸血鬼なんか探してるの？」

その質問に特別な意味はなかった。話の流れで、なんとなく尋ねただけだった。でも皆実は笑みを消し、なんだか困ったような、不機嫌なような、意図を汲《く》み取りづらい表情で――それはたぶん自然に浮かんだ表情で、言った。

「だって、普通は探すでしょ」

いや、普通は探さない。もし大勢の人たちが、知らないところでこっそり吸血鬼を探しているのだとすれば、ケイは世界の認識をひどく誤っていることになる。

皆実は音もなくこちらにやってくる。歩いているわけではないので、肩が上下に揺れることもない。明るい夏の光の中でも、その姿は本物の幽霊のようだった。

「別に、吸血鬼じゃなくてもいいんだけど。ほら、夏になると、テレビでも幽霊の特集したりするよね？」

「テレビ番組なら観るかもしれない。でも、わざわざ探しにはいかないよ。心霊スポットを巡るのが好きな人もいるだろうけど、それでも一人じゃいかない」

ああいうのは友達と騒ぎながら行うものだろう。幽霊を探すことよりも、日常とは違うロケーションで盛り上がるのが主な目的ではないだろうか。

笑わないまま、皆実は言った。

「でもさ、番組を観るのは、やっぱり興味があるからだよ。もし道端に幽霊がいたら、みんなそっちを見るはずだよ。それは、探してるってことじゃない？」

「かもね」

曖昧《あいまい》にぼかしながら、ケイは頷《うなず》く。探している、ではニュアンスが合わないかもしれないけれど、たしかに非現実的なことに対して人々は無関心ではないだろう。もし道端に幽霊が立っていたとして、警戒や恐怖よりもポジティブな感情を抱く人も、一定数はいるかもしれない。

「たしかに。僕だって必ずそこに幽霊がいるとわかっていたら、一度くらいはみにいくよ」

ケイは皆実に同意したつもりだった。でも彼女は、そうは受け取らなかったようだ。冷たく、悲しげな表情を浮かべて、彼女はつぶやく。その小さな声は独り言だったのかもしれない。でもケイにもはっきりと聞こえた。

「そういうことじゃない」

真剣な言葉だ、とケイは思った。グラスに注いだ冷水みたいに。ケイはじっと皆実をみる。彼女はきっと、つい表に出た本心をごまかすために笑う。

「必ずいるんじゃ、わくわくしないよ。誰にもみつけられないものを、自分だけがみつけるから価値があるんだよ」

「そんなものかな」

ケイにはよくわからない。

「浅井くんは、自分だけの能力を持ってるから。だからきっと、吸血鬼に興味がないんだよ」

「どうかな。僕のはとても地味な能力だよ」

なんでも思い出せるのは、便利ではあるけれど。あまり特別な力だという感じもしない。優秀な人間なら、能力なんてなくてもできることだ。春埼のリセットがあるから価値が上乗せされているけれど、それはケイ自身の力ではない。

でも皆実は首を振る。

「そんなことない。どんな能力でも、あるのとないのじゃ全然意味が違うよ。浅井くんにはきっと、どうしても、わからないと思う」

それから彼女は、「ごめんね」と言った。

ケイは言葉を探したけれど、なにもみつからなかった。彼女の問題の本質を理解するのは難しい。

皆実がするすると進みだしたので、ケイもそれについて歩く。彼女の体は半分透けていたけれど、後ろからじゃ表情はみえない。もちろん、その感情も。

しばらく、ふたりはなにも話さなかった。セミがよく鳴いている。少し進むと、小川がみつかる。水面《みなも》が光を反射して、きらきらと輝いている。そちらに顔を向けて、皆実が口を開いた。

「ねぇ、浅井くん。私は――」

でもその言葉の途中で、味気ない電子音が鳴り出した。ケイの携帯電話だ。皆実はなにか諦《あきら》めたように、小さく笑う。

「携帯、出ていいよ」

「いや。あとでかけ直すよ」

「いいから。私、下の神社にいるね」

「どうして？」

「やっぱり私、こんなに山の中までは入らなかった気がする。別の場所にいこうよ」

彼女は一方的にそう告げて、高く空に浮かび上がった。ケイはその後ろ姿を見送りなから、まだ鳴りづける携帯電話を取り出した。

＊

同じころ、春埼美空は花見崎神社の石段に座っていた。

ぼんやり祭りの準備が進んでいく様子を眺めていると、すぐ隣に灰色の猫が寄ってきて、丸まった。世の中の物事がすべて面倒だといった顔つきの猫だった。おそらく一般的には、あまり可愛いとはいわれないだろう。

手持ち無沙汰《ぶさた》だったので、背中を撫《な》でてみる。この猫は人間への警戒心がずいぶん薄いようで、撫でられながら平気であくびをした。夏の日差しのせいだろう、毛並みが温かい。夏場はたいへんだろうと考えてから、その猫がちょうど春埼の影に入っているのに気づいた。人類の尊厳をかけて「貴方《あなた》も私のコレクションに加えてあげましょうか？」と脅してみたけれど、どうやら効いた様子もない。平和な土曜日だ。

春埼が神社にきたのは、皆実未来に呼び出されたからだ。昨夜、幽霊になった彼女が部屋に現れて、ここにくるように言ったのだ。その直前に、ケイから皆実が幽霊になった旨を知らされていたので、とくに驚きはしなかった。とはいえなにも知らなくても、咲良田では人が幽霊になったくらいで驚く理由にはならない。

ケイは今日、皆実と一緒に山に登ると言っていた。花見崎神社に呼び出されたことでその山というのが尽辺山なのだとわかった。皆実が幽霊山と呼んでいた山だ。

ここに呼び出されたことを、ケイには伝えなかった。その理由は春埼自身にもよくわからない。わざわざ言うまでもないと思ったのかもしれないし、秘密にしておいて彼を驚かせようと思ったのかもしれない。あるいはケイに連絡を入れると、来なくて良いと言われる可能性があったからなのかもしれない。最後のひとつが、いちばん可能性が高そうだったが、まあどうでもいいことだ。自分自身の感情にだって、特別な興味などありはしない。

しばらくそうしていると、階段を知っている顔が上ってきた。ケイではない。皆実でもない。野ノ尾盛夏だ。彼女は軽く眉《まゆ》を持ち上げて、春埼の前で足を止めた。

「おはよう」

「おはようございます」

「ひとりか？」

春埼は頷く。

「今はひとりです。ケイと、クラスメイトの女の子を待っています」

「祭りに来たのか？」

「いえ。それは今夜の予定ですが、取り止めになるかもしれません」

「どうして。なにか用があるのか？」

「私はありませんが、ケイに。ある女の子の問題に関わって、そちらで時間を取られるかもしれません」

「それは大変だな」

「私の方が先に約束していたのに」

「ひどい話だ」

「まったくです」

　というのは、冗談だ。多少不機嫌なのはおそらく事実だが、春埼は自分の感情を物事の判断材料にしない。絶対ではないが、滅多にしない。多少わがままを言った方が、ケイが喜ぶのでそうしている。浴衣《ゆかた》を着てくるというアイデアも思い浮かんだのだが、そこまですると彼は本当に嫌がるような気がしてやめておいた。彼が苦笑する程度の、ぎりぎりの抗議の表明は、なかなか難しい。

「女の子の問題というのは？」

「これから会う予定のクラスメイトです。昨夜から半透明で、ふわふわ浮いています」

「よくわからないが、幽霊なのか？」

「よくわかりませんが、そうみたいですね」

　野ノ尾は怪訝《けげん》そうに眉をひそめたが、それ以上なにも尋ねられなかった。だから春埼も黙っていた。会話はあまり得意ではない。言葉を探すというのは、まっ白なジグソーパズルみたいに難しいと感じることがある。これだけはケイの影響ではないだろう。ずっと昔からそうだった。適当な言葉をすぐに口にするようになったのは、きっと彼の影響だと思うけれど。

暇を埋めるためにまた灰猫の背中を撫でようかと思ったが、その猫は野ノ尾の足にすり寄っていた。ぴんと立てた尻尾《しっぽ》の先が、フックのように曲がっている。仕方がないので、携帯電話についた猫のキーホルダーをいじる。そのキーホルダーはなにか柔らかい素材でできていて、押すとへこみ、力を抜くとまた膨らむ。

野ノ尾はしゃがみ込んで灰猫の喉《のど》を撫でながら言う。

「私はこれから、上の社にいくところだ」

「そうですか」

「あちらの方が、木陰が多い。来るか？」

「いえ。待ち合わせ場所はここなので」

「電話をかけてみたらどうだ？」

「そうですね」

約束の時間を、もう一五分ほど回っている。確認してみた方が良いかもしれない。セーブしているとはいえ、彼が事故に遭っていたら心配だ。

携帯電話のアドレス帳を開いたとき、皆実未来の声が聞こえた。

「美空、お待たせ。遅くなってごめんね」

声を辿《たど》って視線を上げる。皆実は地面から二メートルほど浮かんでいた。昨夜彼女が現れたときにはもう部屋の明かりを消していたので、はっきりとはわからなかったが、日中にみると見事に半透明だ。

　春埼にとっては、クラスメイトが浮かんでいようが半透明だろうが、割とどうでもいいことだ。とはいえこのままだとケイと祭りにいけなくなるから、できるなら打開した方がよいだろう。昨夜はできる限り丁寧に、浴衣にアイロンをかけたのだ。

　皆実は、野ノ尾の方を向いて言う。

「ええと、はじめましてだよね？」

　野ノ尾は春埼に視線を向けた。仕方がないので紹介する。

「野ノ尾盛夏さんです。私たちと同じ歳ですが、違う学校に通っています。それと、猫遣いです」

「猫遣い？」

　と皆実。それには野ノ尾が答えた。

「猫が好きなんだよ。君は？」

「皆実未来。美空のクラスメイトで、今は幽霊だよ」

「みればわかるよ。どうして、そんなことになったんだ？」

「んー。なかなか衝撃の事実なんだけど」

　皆実は考え込むような表情をみせて、それから春埼に顔を寄せた。

「浅井くんには、秘密にしてくれる？」

　よくわからないけれど、頷《うなず》いておく。ケイに秘密だということは、彼の知らない情報だろう。それならば聞いておいた方がいい。

笑顔で、彼女は言った。

「たぶん私、死んだんだと思う」

死んだ。

隣で野ノ尾が、目を細める。春埼は尋ねた。

「ところで、ケイは？」

「置いてきちゃった。もうすぐ来ると思うけど」

なら、ケイがやってくるのを待とう。彼がひと言、リセットと指示を出せば、きっと皆実の問題は解決する。

＊

電話の相手は、津島信太郎だった。

彼はひと言目で言った。

「皆実の遺体がみつかった」

なんて非現実的な言葉だろう。

死んだから、幽霊になった。とてもわかりやすい。ケイだって、もちろんその可能性は考えていた。それでもなお非現実的な言葉だ。つまりは、現実だと認めたくない言葉だ。

　脳内に過去の記憶があふれて、吐き気がする。記憶はそれぞれ別の感情を刺激する。感情のひとつひとつが胸を刺していく。

　――リセットを使ったせいで、人が死んだ。

　落ち着け、とケイは自分に言い聞かせる。

　――まただ。二年前と同じだ。

　落ち着け。今回は、セーブしている。取り戻せる。

　――また僕のせいで、人が死んだ。

　混乱するな。覚悟していたことだろう？　彼女が死んでもまだ、リセットを使い続けることを決めたんだから。

　ケイは息を吸う。自分自身を思い出す。それで混乱が消えるわけではない。だが同時に、思考する自分も戻ってくる。

「どうして、皆実さんは死んだんですか？」

「殺されたからだよ」

　殺人？　誰が、なぜ。

　電話の向こうで、津島は続ける。

「事故みたいなもんだ。でも、確かに人の手によって、皆実は殺された」

「事情を知っているんですね？」

「ああ」

「予想していた？」

「可能性は極めて低かった」

「でも、予想していたからぎりぎりまでリセットは使わないように指示を出した」

「そうだよ」

「どうして、教えてくれなかったんですか？」

「あまり話したい内容じゃなかった。管理局としても、理由なく公開できる情報じゃなかった」

ケイは唇を噛《か》む。

違う。津島は関係ない。ケイ自身が知ろうとしなかったのだ。なにもかもを知ろうとすることが我儘《わがまま》に思えて、躊躇《ためら》っていた。

——矛盾してるよ。

と、自分に向かって吐き捨てる。リセットなんて強すぎる能力を使うなら、猫一匹のために世界中すべての人々に三日間をやり直させることを強要したなら、もう充分に我儘だ。その先で躊躇ってどうするんだ。最善を尽くさなくて、どうするんだ。あんまり弱くて嫌になる。悲しかった。悔しかった。また感情が暴れまわる。だが、どのネガティブな感情も、状況を改善してはくれない。だからケイは意図して笑う。きっと自分自身に対して、意地になって少しでも強がる。

「わかりました。昨日のことは、もういい。リセットすれば皆実未来が死ぬ前の時間を再現できる。だがそのままでは、やはり彼女は死んでしまうだろう。適切に行動しなければならない。そしてリセット後に情報を持ち越すには、ケイを使うしかない」

津島はもう、そうせざるを得ない。

津島は少し考えるような間を置いてから――あるいは諦《あきら》めるような間を置いてから、話し始めた。

長い話だった。

あるところに男がいた。彼は極端に汚れを嫌っていた。自分の体に、皮膚がくっついていることも許せなくなるくらいに。しかしもちろん、彼は全身の皮膚を剝《は》ぎとったりはしなかった。皮膚の下にだって、ちゃんと綺麗《きれい》なものがあるわけではないのだ。

男はあるときから、世界中の様々なものに触れることが嫌になった。すべてが汚れているように思えた。なんとか触れることができたのは、純白のシーツと、おろしたてのTシャツ。生活できたのは、自分で納得いくまで消毒した部屋の中だけだった。

最大の問題は、ありとあらゆるものが食べられなくなったことだ。唯一の例外は純粋な水だけだった。水は汚れの対極にあるといっていい、と男は考えていた。その他のものはなにひとつとして、口に入れることができなかった。肌や衣服に付着すれば汚れだとみなされるものをどうして体内に取り込めるんだ、というのが、彼の主張だった。

なにも食べられない男は、本来なら死ぬしかなかった。当然だ。水にはカロリーがなく、カロリーがなければ人は生きていられない。

だが、男は死ななかった。

都合良く、なにも食べなくても生きていられる能力を持っていたのだ。それは咲良田においては、幸運な偶然というより、運命的な必然だったのかもしれない。この街にあふれる能力は、使用者の性質に依存する。能力者の本質が、能力者が求めるものが、その願いや祈りが能力になる。

男の能力は、情報を養分に変換できるというものだった。情報に実体はない。汚れようがない。男はたくさんの情報を集めた。でもそれは、とても効率が悪かった。男はいつも腹を空《す》かせていた。そのままゆっくり衰弱して、結局のところ死にかけていた。

でもある日彼は、自身の能力の本質が、まったく別のところにあることに気づいた。覚醒《かくせい》というほど大袈裟《おおげさ》なものではない。ただ単純に、気がついただけだ。高密度な情報の塊は、その辺りにいくらでもある。——つまり彼は、人間から情報を吸い取れることに気づき、実行した。

それは極めて効率の良い食事だった。空腹を感じないというのは、男にとっては数年ぶりの出来事だった。食欲が満たされる動物的な快感を、彼は知った。

とはいえ男は、悪人だったわけではない。欲しいだけ情報を奪い取ってしまえば、相手がどうなるのかわかったものではない。問題がないように、ほんの少しずつ情報を拝借することにした。相手はしばらく意識を失ったが、目を覚ましてしまえばすぐに元気になった。被害といえば、吸われた情報ぶん——ほんの一時間ていどの記憶を失うだけだった。

それからしばらくして、吸血鬼が出るという噂が広まる。男はそれが自分のことだとすぐに気づいた。なぜそうなったのかはわからない。誰かがなんとなく口にして、それがたまたま広まったのだろう。

男が人間から情報を吸っていたのは、何年か前の、わずかな期間のことだ。吸血鬼の噂が管理局の耳に入り、この方法が使えなくなってしまったのだ。だが一方で、管理局員の協力もあり、彼はより安全で健全に情報が集まる環境を作り上げた。人間から情報を吸うのに比べればずいぶん効率が悪かったけれど、空腹感に耐えれば死ぬことはなかった。それで、男は幸せだった。人に迷惑をかけることもなくなるし、部屋を出て汚れた空気の中、獲物を探す必要もない。

男はつい最近まで、空腹だが幸福な生活を続けていた。

だが、あるトラブルがあり、男のその環境が壊れてしまった。

どうしようもなく強い空腹感の中で、彼はまた、人間から情報を得ることを選んだ。いや、選んだのではない。ほかに選択肢がなかった。

昨夜、男はある少女から情報を吸った。数年ぶりのことだ。彼はもちろん、以前と同じように、充分な情報を残して吸うのをやめるつもりだった。なのに。

その少女からは、いくら吸っても情報が減った気がしなかった。男はつい、吸いすぎた。そして少女は死んだ。

誰も知らなかったことだ。少女自身も知らなかったことだ。でも、彼女は情報を失わないまま死ぬ能力を持っていた。つまり、死後に幽霊になる能力を持っていた。

「これは人災だ」

と、津島は言った。

「でも、いくつもの不幸な偶然が重なった結果でもある」

被害者の少女の名前は、皆実未来という。

そして加害者の男の名前は、好井《よしい》良治《りょうじ》。彼は管理局公認の情報屋であり、一部の人間には「非通知くん」と呼ばれていた。

好井良治——非通知くんは、今朝の早い時間に、警察に出頭した。皆実の遺体を抱きかかえて。

それは純白のシーツに包まれた、傷ひとつない遺体だった。

津島が話し終えてからしばらくの間、ケイは何もいわなかった。

それから簡単に非通知くんの様子を尋ねた。リセットして、事件が起こる前の彼に会えば、おそらくすべてが解決するだろう、と思った。

津島は非通知くんの住所を知らなかった。非通知くんは警察にいるはずだから、聞き出すことは難しくないはずだ。しかし今回の件は津島の担当ではないため、情報を得るには少し時間がかかるかもしれない、とのことだった。

わかり次第連絡する、と言って、津島は電話を切った。

ケイは未《いま》だに、自身の感情を上手《うま》く呑《の》み込めなかった。犯人は非通知くんで、自身がしたことを後悔している。なら、リセット後の対処は難しくないはずだ。連絡さえ取れれば、それで事足りる。もし連絡が取れなくても、皆実を追跡すれば非通知くんに会える。問題ない。悲しむべきことは、きっとなにもない。かといって喜ぶのもおかしな話だ。もちろん、無感情では決してない。

ゆっくりと山道を下る。非通知くんのことを考えながら。好井良治、と名前のついた非通知くんは、なんだか非通知くんとはまったく別の誰かみたいだった。

神社まで戻ると、そこには春埼と、皆実と、野ノ尾がいた。

どうして春埼がここにいるんだろう？　わからないが、別に問題もない。ケイは少し迷ったけれど、皆実だけを離れたところに呼び出して、一通り事情を説明した。あまり意味のあることではない。どうせリセットすれば忘れてしまうのだ。でも、きっと伝えるべきなんだろうと思った。

皆実はふわふわと浮かびながら話を聞いて、少し顔をしかめた。どことなく不満そうな表情。話し終えると、彼女は「私の死体をみてくる」と言って、どこかに飛んでいってしまった。

野ノ尾とは軽く挨拶《あいさつ》を交わしただけで別れた。野ノ尾の足元には、金曜日に事故に遭う予定だった灰色の猫がいて、彼女の靴紐《くつひも》にじゃれついていた。ずっとみていたくなるような、ほほ笑ましい光景だけど、いつまでもそれを眺めているわけにはいかない。

春埼と並んで、ぼんやりと街を歩く。特別に目的地もなかった。もう一度津島から連絡があれば、すぐにリセットを使ってよいだろう。皆実と非通知くんの事件を、早く終わらせてしまいたかった。

川沿いの緩やかな下り坂を歩いていたとき、春埼は言った。

「皆実さんは、自分が死んだと言っていました」

「そっか」

知っていたんだろうな、とは思っていた。自分の能力で幽霊になっていたのなら、その方法くらいは理解しているだろう。

どうして彼女はそのことを秘密にしたんだろう？　――少し考えてみるけれど、すぐにやめた。可能性はいくらでもある。好奇心で推論をたてて楽しいことでもない。

「どうして、君は神社にいたの？」

「皆実さんに呼ばれたんです、昨日の夜に」

「そ。なんの用だったの？」

「わかりません。ケイは知っていますか？」

「いや」

幽霊になった皆実は、まずケイの前に現れた。次に春埼の部屋へ向かった。ケイと春埼の共通点は、奉仕クラブに所属していることだ。奉仕クラブには、特別に強力だとみなされた能力者が所属する。

山の中で皆実から聞いた話と合わせて考えると、これまでよりはもう少し、彼女のことを理解できるような気もした。でもそれは、彼女が言った通り、ケイには決してわからないことなのかもしれない。

「皆実さんのことは、よくわからない」

とだけ、ケイは答えた。

こちらをみて、春埼は首を傾げる。

「彼女を生き返らせるんですか？」

「もちろんだよ」

ケイは頷《うなず》く。リセットのせいで死んだ彼女を、無視することなんてできない。取り返しのつくタイミングでよかった。もし彼女が死んだのがリセットしてから二四時間以内だったなら、と考えるだけで恐怖が湧き上がる。

なぜ、皆実未来は死ぬことになったのだろう？　ケイたちは猫を助けるためにリセットを使った。その結果、非通知くんを経由して、彼女を死なせることになった。あいだのピースが抜けている。

春埼が口を開く。

「皆実さんは、あまり悲しんでいる様子ではありませんでした」

「そうだね」

明るく振る舞う彼女の大半は、きっと演技だ。でもその笑顔の裏側にあるのは、自分が死んだことへの悲しみだとか、怒りではなかったように思う。正直なところ、普段の皆実と、それほど印象が違ったわけでもない。

「私は、動けて、笑えて、人と話ができる状態を、死とは呼ばない気がします」

ケイは曖昧《あいまい》に頷く。なにを死と呼ぶのか。それはあまり定義づけしたくなかった。死にはきっと、色々な形がある。その形を切って揃えることが、正しいとは思えない。そういうのはどこかで法律を決めている人たちだけが考えればいいことだ。

「つまり春埼は、リセットを使いたくないの？」

普段と同じ口調で言ったと思う。でも、もしかしたらそこに、少しだけ苛立《いらだ》ちが紛れ込んでしまったかもしれない。

彼女は困ったように首を傾げる。

「そういうわけではありません。でもこれは、皆実さんの問題でもあります。セーブから、まだ四八時間ほどしか経っていません。時間があるのなら、皆実さんの話を聞いた方がいいのではないか、という気がします。リセットを使えば、彼女はすべてを忘れてしまいます」

冷静で、正しい意見だ。クラスメイトが死んだときにまで正しくなくてもいいんじゃないかという気がするけれど、これが春埼美空なのだから仕方がない。この少女は、本来徹底して客観的なのだ。出会った頃はもっと極端だった。すべての判断を、ほんの数行のルールに委ねてしまえるくらいに。

正論に感情論を返すのは、気の進まないことだ。でも、結局のところ人が判断の基準にするのは感情だ。ケイには、自身の感情をまったく無視することはできない。それにこの手の話題では、春埼にだけは正直でありたい。

「皆実さんがなにを考えていようと、どうでもいいんだ。本当は」

そこで言葉を切る。それでも充分に、春埼には伝わっているはずだ。

自分が原因で――ケイ自身が「リセット」と指示したことが原因で、少女が死んだ。過去をやり直せる、そんな希望の象徴みたいな能力が、問題を生むなんて許せない。嫌だ。嫌だ。どうしても耐えられない。二年前に死んだ少女の笑顔を思い出す。それでもリセットを否定できなかった自分自身を思い出す。今もまだ、ケイは我儘《わがまま》にリセットを信じている。

「わかりました」

と春埼は言った。

ケイはなにか、肯定的で柔らかな言葉を探した。夢と優しい嘘で塗り固めた、お菓子の国みたいな話をしたい。そう思ったけれど、上手くいかなかった。思考を現実に引き戻さざるを得なかった。

前方の曲がり角から、女の子が現れた。あまり詳しくはない、でも知っている少女だ。

村瀬陽香が、そこにいた。

9

ついてきなさい、と村瀬が言った。

ケイはその言葉に、素直に従うことを決めた。猫の救出と皆実の死のあいだには、おそらく彼女がいる。警戒していた。だから無暗に、彼女に反発したくはなかった。争い事のきっかけは、できるだけ少ない方がいい。

通りを進み、橋を渡って、河原へと続く階段を下りる。そのあいだ、村瀬は一言も話さなかった。ケイと春埼も無言だった。

川の手前で足を止めた村瀬は、なんだか苛立っている様子だった。乱暴に髪をかき上げる。

「色々と考えてみたんだけど」

村瀬は言った。眼鏡の奥から、まっすぐにこちらを睨《にら》んで。鋭利で、攻撃的な瞳《ひとみ》。何度もみた目つきだ、と思った。だが、違う。ケイは頭の中に、これまでみた彼女の顔を並べる。やはりどれとも違っている。記憶の中の村瀬陽香より、今向かい合っている彼女の方が、明らかに真剣だ。その視線が痛いくらいに。

「やっぱり、あんた達は殺すことにするわ」

殺す。現実味のない言葉だ。でも遺体よりはまだしも身近かもしれない。冗談みたいな言葉だ。

彼女は表情を変えない。怒り、苛立ち、きっとその裏側に別の感情を隠している。その姿はあまりに真剣で、切実で、つい頷きたくなるけれどさすがに反論しないわけにはいかない。

「殺すと言われても困りますよ。どうして？」

「どうでもいいでしょ。これはもう、決まったことなの」

「納得できません」

「納得しながら死ぬ人なんて、いないわ」

村瀬は断言した。世界中のすべての断言には、嘘か、信仰か、感情が混じっている。

ケイは一歩、村瀬に近づいた。それに合わせて、春埼は少し下がる。春埼さえ守ることができれば、リセットでひとまず危機は去る。

いますぐリセットしていけない理由もなかった。しかし、その前にできるだけ情報を集めておきたい。リセットのあとで彼女に殺されても困る。それに、まだ津島から非通知くんの住所も聞いていない。

彼女まで五メートルといったところか。河原には小石が敷き詰められているため、逃げ出すにも足を取られそうだ。あまり好ましい状況ではなかった。女の子に殺すと言われて好ましい状況も思いつかないけれど。

「ともかく、事情を教えてください。目的はなんです？　僕たちを殺すよりももっと効果的な方法があるかもしれない」

「うるさい。もう決まったんだから、それでいいでしょう」

いいはずがない。

村瀬は無造作にこちらに近づいてきた。濁った音をたてて石を踏みつけながら。

さすがに殺すと言っている相手に、これ以上は近づきたくない。

「春埼。もう少し後ろに」

小声で指示を出し、ケイ自身後ずさりする。

村瀬は言った。小さな声で、単語を二つ。

「両足、石」

直後に、彼女の足音が変化する。小石を踏みつける音が消えていた。ケイは彼女の足元に視線を落とす。足跡の形に小石がなくなり、下の地面がみえている。

コールしたものを消す能力。壁に空いた穴を思い出す。穴は勝手にふさがった。効果時間は、数分間？　データが少ないため、はっきりとはわからない。

彼女はゆっくりとケイに近づきながら、また言った。

「右手、人体」

　さすがに、ぞくりとした。殺すなんてふわふわした言葉に、多少の現実味が付加された。ナイフの刃と同程度には、彼女の右手は恐ろしい。

　もう目の前まで迫った村瀬陽香に向かって、ケイは足元の石を蹴《け》り上げた。自信もなかったが、その石は上手《うま》く彼女の顔に向かって跳ぶ。

「全身、石」

　またコール。同時に彼女は、右手を石に向かって突き出す。それに触れた石が音もなく消える。演出のない手品のようだ。

　ケイは駆け出す。携帯電話を取り出して、モニターを確認する。津島からの連絡はない。春埼の方に視線を向けた。彼女はすでに、二〇メートルほど離れている。村瀬が春埼を狙うとして、その前にリセットの指示を出せるだろう。

　――殺す？　どうして。唐突すぎる。

　走りながら無理に体を折り曲げ、足元の石を拾った。つかみとれるだけ、まとめて。バランスが崩れるが倒れるほどではない。確認すると、手の中には四つの石があった。足を止めて、うち三つを村瀬に向かって投げつける。それほどコントロールに自信があるわけでもない――狙ったのは体の真ん中だった。ひとつは高く上がりすぎて村瀬の頭上を越え、後のふたつはとりあえず彼女に向かう。

　それを、村瀬は避けようともしなかった。彼女にぶつかった石がまた消える。ひとつだけ村瀬に当たらなかった石が、どこか遠くにこつんと落ちた。

「諦《あきら》めなさい。私の能力は最強よ。たかだか思い出せるだけの能力と、時間を戻せるだけの能力に、負けるわけがないじゃない」

ケイは村瀬から視線を外さずに、もう一歩分距離を取る。

「物を消す能力ですね。最初に体の部分をコールする。次に、消す対象を。コールした部分で対象に触れると、それは消えてなくなる」

単純な能力だ。でも、汎用《はんよう》性は高そうだった。おそらく彼女は、リセットの効果を受けていない。他人の能力を消し去ることもできるのだろう。それに、前回――金曜日の朝に会ったとき、彼女は高く跳びあがった。重力の影響を消したのか？　よくわからないけれど、そんなものまで消せるのなら、消えないものなんてあるのだろうか。

「私の能力に弱点はない」

村瀬は再び、こちらに歩み寄る。

「ただ真っすぐに歩いていって、相手に触れればいいだけ。私が少し望むだけで、あんたは消えるわ」

彼女が歩いた跡は、点々とむき出しの地面がみえる。

「それ、靴越しでも使えるんですね」

「答える必要はないわね」

「とても便利だ。たとえば、聴覚を消すと言って耳に触れれば、なにも聞こえなくなるんですか？」

「どうでもいいでしょう。これから死ぬんだから」

「なら、こんな使い方はどうですか？　嘘つきを消す、と宣言して、誰かと握手する。そのまま質問して、相手が嘘をついたら、手が消える」

「実際に試してあげましょうか？」

「ぜひ」

ケイは笑う。

「もしかしたら、僕を生かしておいた方が便利だとわかるかもしれませんよ」

「なにがいいたいの？」

「マクガフィンを知っていますか？」

村瀬が表情を変える。当たりだ。

ケイもその質問に意味があると、確信していたわけではない。予想は立てていたが、裏道のような思考方法だった。今、ケイにみえている情報の中で、マクガフィンだけが孤立していた。だからどこかに繋《つな》がると思った。それだけだ。一般的に考えれば推理と呼べるものではないが、別の視点を持ち込むことで意味を補強できる。今回の件に関して、ケイに与えられた情報は強く制限されている。その中で、マクガフィンだけは強引に、意識に刷り込まれた。ケイの向かいに座るプレイヤーが意図的に開示した情報だ。プレイヤーの姿は、はっきりみえている。情報を制限したのも、与えたのも、共に津島信太郎だ。彼しかいない。そして津島の性格を考えれば、マクガフィンが無意味なノイズであるはずがない。ケイは彼に、一定の信頼を置いている。

ここまでは、わかる。問題はその先だった。

村瀬陽香は、ゆっくりとケイに歩み寄る。

「マクガフィンの、なにを知っているの？」

「ゆっくりお話ししましょう」

ケイは右手を、前方に差し出した。

村瀬は小さな声でコールする。

「左手。私に対して嘘をついた人物」

右手を村瀬の左手がつかむ。ケイは彼女の手に、さらに自身の左手を重ねる。

「できれば、握手は右手で」

左手の中には小石を隠していた。村瀬にふれたとたん、それが消えたのがわかった。コールしなおしても、前の効果が継続する。本当に便利な能力だ。

「離しなさい。貴方《あなた》と仲良くするつもりはない」

「それは残念です」

ケイは左手を離す。村瀬が一方的に、ケイの右手をつかんでいる恰好《かっこう》になった。

「マクガフィンはどこにあるの？」

「それは知りません。でも、持ち主の手がかりはあります」

二週間ほど前に届けたメッセージを、もちろん覚えている。マクガフィンが盗まれる。――つまりは現在、マクガフィンには明確な所有者がいるのだろう。そしてケイは伝言を、津島に伝えた。なら彼か、彼の知る人物がマクガフィンを管理しているはずだ。

村瀬は平然と答えた。

「それは知ってるわ。津島でしょ。私が知りたいのは、あいつがそれをどう保管しているのかっていうこと」

「貴女《あなた》にも、わからなかったんですか？」

「二週間前には職員室にあった。でも、ぎりぎりで場所を移動した。きっとこっちの行動を予想していた」

「それは僕が手を貸したからです」

村瀬はおそらく、一度はマクガフィンを手に入れたのだろう。それに気づいて、津島があの伝言を依頼した。

「リセット？」

「ええ」

「やっぱり、あんたは邪魔ね」

「でも、意外と優秀ですよ。僕はともかく、春埼の能力には価値があります。管理局に危険視されるくらいに」

「なら彼女だけ手に入れるわ」

「それには僕と手を組むのが手っ取り早い」

「ずいぶん自惚《うぬぼ》れているのね」

ケイは微笑む。違う。これは、罪の告白だ。

「ねぇ、村瀬さん。貴女はどうして、マクガフィンを探しているんですか？」

マクガフィン。代替可能な、主人公と物語を関連づける装置。いったい、それはなんだ？　現実的にはどんな意味がある？

村瀬は答えた。

「私は咲良田を手に入れる」

まともな答えではなかった。

「あの噂を、そのまま信じているんですか？」

皆実から聞いた。

マクガフィンを手にした者は、咲良田の能力すべてを支配する。

「どうかしらね」

村瀬は、微笑んだようだった。そうと確信を持てなかったのは、彼女の表情が強張《こわば》っていて、とても笑顔にはみえなかったからだ。

「でも、津島は管理局員よ。あいつが必死に隠すなら、なんらかの意味があるはずよ」

いいや。むしろ、反対だ。

もしマクガフィンに噂通りの価値があるのなら、たったひとりの管理局員が職員室で保管するわけがない。管理局はおそらく、それの価値をほぼ認めていない。

咲良田には様々な能力を持つ人たちがいて、それを束ねる管理局がある。管理局の統率は、表層だけみれば絶対的なものではない。市役所と警察にそれぞれ部署を持っている。その程度の存在でしかない。

だが、管理局は完成されている。優秀な能力者と、能力に関するたくさんの情報を持っている。それだけでもう手の出しようがない。管理局から、咲良田を奪うことなんてできない。

かつん、と小さな音が聞こえる。

ケイはそちらに視線を向けた。

「なにをみてるの？」

「いえ――」

続けてまた、同じ音。今度はかつん、かつんとふたつ続いた。村瀬にぶつけた石だ。時間経過で能力の効果が切れて、空中にまた現れた。ケイは左手で携帯電話を取り出して、時刻を確認する。効果時間は、ほぼ五分。間違いない。

「具体的な話を聞かせてください。なにをして、どうなったら咲良田を手に入れたことになるんですか？」

「話す必要はない。もういいわ。あんたは殺す。マクガフィンも手に入れる」

彼女が再び、「右手、人体」とコールし直した。

ゆっくり右手が、こちらの顔に近づいてくる。

それが触れれば、自分は死ぬのだ——脅威ではあったが、危険なものなんか世の中にいくらでもある。死に方としては、冷たいナイフがめり込むよりも、女の子の手で撫《な》でられる方がいくらかましかもしれない。

村瀬の目は、まっすぐにケイをみていた。

「どこを消されて死ぬのがいい？」

ケイもその目を、まっすぐにみつめ返す。

「ちょうど僕も、そのことを考えていたんです」

左手で、携帯電話が音を立てた。良いタイミングだ。

息を吸って。覚悟を決めて、言う。

「マクガフィンを持っているのは、僕です」

瞬間、右手に激痛が走る。村瀬がつかんでいた右手。ケイはその場にしゃがみ込む。

痛い。痛い。右手の痛みが全身を走り回り、脳にぶつかる。本当に、嘘つきなんてあやふやなものまで消せるのか。なんて能力だ。無茶苦茶に自由度が高い。くそ、痛い。でも痛覚なんかに気を取られている場合ではない。

左手の携帯をみた。非通知くんに会わなければならない。彼の住所を手にいれたい。新着メールの画面を開く。一目みれば、たとえその情報を認識しなくとも、あとで映像として思い出すことができる。

ほんの一瞬。メールの文面を視線でなでて、その先を春埼に向ける。彼女はじっとこちらをみている。たったひと言を待っている。ケイは、それを口にした。

「リセット」

大きな声ではなかったけれど、春埼が聞き逃すこともないだろう。

その声に重なるように、村瀬が「全身、能力」とささやくのが聞こえた。なにかを躊躇《ためら》うような声だった。

3話　日曜日の結末

1　七月一三日（木曜日）——再び二日前

「七月一三日、一二時五九分、一五秒です」

　いつものようにセーブした時間を、春埼が告げる。ケイは能力を使って過去を思い出し、直後、右手の甲を押さえた。そこに傷はない。血も流れてはいない。だが、身体の芯《しん》が凍えるような痛みをはっきりと思い出す。

「大丈夫ですか？」

　と春埼が言った。

　咄嗟《とっさ》に、ケイは右手の甲から手を離し、笑った。

「なんでもない。リセットしたみたいだね」

　村瀬陽香の能力が、おおよそわかった。それは大きな前進だった。

　春埼が首を傾げる。

「それは、お祭りに行く前ですか？　後ですか？」

「土曜のお昼に、リセットを使った。お祭りには、まだ行っていなかったよ」

「それはよかったです」

「そう？」

「はい」

「なら、よかった」

ケイは、リセット前に起こったことをひと通り説明した。猫捜しの顚末《てんまつ》、壁に空いた穴、幽霊になった皆実未来、その犯人の非通知くん、そして唐突な村瀬陽香の襲撃。

「右手は？」

と、彼女は言った。

「ちょっと怪我をした。でもリセットで治った」

この言葉は嘘だろうか？　ケイも自身がどれくらいの怪我を負ったのか、はっきりと把握しているわけではない。おそらく村瀬が触れていた部分が、ごっそり削られたのだろう。右手がすべてなくなるようなことにはならなかったけれど、骨くらいまでは到達していたかもしれない。あまり想像もしたくない。

未《いま》だに右手に残る、記憶の中だけの痛みを無視して、ケイは言った。

「ともかく津島先生に会う。非通知くんのことを伝えないと」

リセットの直前に届いたメールは、津島からのものではなかった。差出人は智樹で、夕食を食べに来ないかという内容だった。なにもかもが、そうタイミングよく進むわけではない。非通知くんの住所を調べるにしても、津島を頼るのが手っ取り早い。

手早く彼にメールを打つ。皆実が幽霊になること、犯人が非通知くんであること、詳しく説明するから今すぐ部室に来てほしいということ。

「僕はこれから、部室にいくよ」

春埼は頷《うなず》く。

「わかりました。じゃあ、今日は部室でお弁当を食べましょう」

そういうことになった。


「嘘つき」

と言ってみる。津島は顔をしかめた。

「そのセリフを男に言われても、なんかがっかりだな」

ケイはため息をつく。

「春埼」

「えっと、嘘つき？」

春埼が言うと、津島は頷いた。

「ああ、悪くない。もうちょっと、下から睨《にら》み上げる感じで言ってくれるとベストなんだが」

「ケイ？」

「やらなくていいよ」

首を振ってから、ケイは下から睨み上げる感じで言った。

「ミッションコンプリートだって言ってたでしょ。どうしてこんな、ややこしい事になってるんですか？」

「いや、俺は言ってない」

「明日言うんですよ」

「もう言わないよ。リセットの前のセリフまで、いちいち責任取ってられるか」

津島はマグカップのコーヒーに口をつけ、顔をしかめた。もしかしたらこの人はコーヒーが嫌いなんじゃないかと思う。

ケイはため息をついた。津島にみせつけたいわけでもなかったが、隠そうともしなかった。

「先生は、なにを知っているんですか？　なにが起こっていて、なにをしようとしているんですか？」

「お前は気にするな。好井良治と皆実のことは、オレの方で対応する。問題ない」

「問題はあるでしょう。皆実さんは死んだ」

「生きてるよ、今はな。それに、あいつが被害に遭うことはもうない」

人の死というのは、リセットしたからそれでなかったことになるようなものなのだろうか。ケイには判断がつかない。誰かが決めてしまってよいことでもないように思う。

「教えてください。僕はもう、無関係じゃない」

踏み込まないわけにはいかない。リセットが人を殺すようなことが、あってはならな

いかと思っています」

「まだなにも。でも、貴方《あなた》が村瀬さんのことを教えてくれれば、すべて繫《つな》がるのではな

い。

「どこまでわかっている？」

「まだ早い」

「なにが？ 情報は早ければ早いほど良い」

「懐かしい顔つきをするじゃないか」

津島は笑う。明らかな挑発だ、と思った。乗ってもよかったが、気づいてしまえば、演技をする気にもなれない。ケイはひと呼吸おいて、会話の切り口を変える。

「マクガフィンの噂は、知っていますよね？」

津島は頷く。

「あれを手に入れると、咲良田のすべての能力を支配できるらしいな」

「あり得ますか？ そんなもの」

「普通に考えれば、ない」

「村瀬さんは、マクガフィンを欲しがっていました」

「ああ、知ってるよ」

「咲良田を手に入れるために、マクガフィンが欲しいのだと言っていました」

「それが？」

「僕も津島先生と同じ意見ですよ。普通に考えれば、マクガフィンなんてありえない。でも村瀬さんは、それが実在すると思っている」

あり得ないものを信じるなら、その裏にはなにかがある。信じるに足る理由か、あるいは信じたいと願う理由か。

「もちろん効果は疑わしい。だが、マクガフィンと呼ばれるものは実在する」

津島は意図的に話題を逸らしている、とケイは感じた。村瀬陽香から距離を取ろうとしている。でも今回は、ケイもそれに乗った。純粋に興味があった。

「どこにあるんですか？」

「職員室。俺の引き出しの中」

ずいぶん乱暴な話だ。

津島は笑った。

「最近は、できるだけ持ち歩いているよ。いつ村瀬が盗りにくるかわからない」

「効果がないなら、村瀬さんにあげればいい」

「欲しがるものをなんでも与えるのは反対だよ。教師としてはな」

彼は、もう湯気が消えたコーヒーを飲み切って、席を立つ。

「昼飯がまだだろう？　さっさと食えよ。休み時間はすぐ終わる」

ドアの方に向かって歩く津島に、ケイは言う。

「いつまで待てばいいんですか？」

「ん?」

「まだ早い、と貴方は言った。なら、いつになれば早くなくなるんですか?」

彼は、足を止めた。腕時計に目をやって、それから答えた。

「二、三日で、とりあえずの答えが出る。俺が想定している中で、最悪の事態ならまたお前に連絡する」

「最悪の事態というのは?」

彼は肩をすくめてみせた。

「俺の友達が悲しむ」

迷彩のような言葉だけを言い残して、津島は部室を出た。

*

春埼美空がみる限りにおいて、それからの二日間は、特別なことは起こらなかった。

ケイはすぐに、野ノ尾盛夏に連絡を入れた。猫は必ず近いうちに帰ってくるから心配することはない、と伝えていた。そして、彼の言う通りになった。今回は金曜日の早朝に、パン屋の前を見張る必要もなかった。木曜の夜に、猫は野ノ尾の元に現れた。津島が車に乗せて連れてきたのだという。おそらく自分たちと村瀬陽香を出会わせたくなかったのだろう、というのがケイの予想だった。

放課後にケイは、商店街の公衆電話から非通知くんに電話をかけたけれど、やはり繋がらなかった。彼には初めからそれがわかっていたようだった。非通知くんにトラブルが起こったのは、リセットで戻るよりも前——一二日の午後だと確信していた。理由は知らない。春埼はそのことを尋ねなかった。

リセットから二四時間が経過して、金曜日の昼休みにまたセーブした。

セーブのあとで、ケイは皆実未来をいつもの階段に呼び出した。春埼が同行することを、彼は嫌がらなかった。だから春埼は彼の隣でふたりの会話を聞いていた。

ケイはリセットする前に起こったことを、ひとつずつ皆実に説明した。金曜日——今日の夕刻、皆実未来は幽霊を探すために山に登り、途中、好井良治に殺される。そして初めて能力が発動し、幽霊になる。翌日の早朝、好井良治が警察に出頭する。

皆実の死は、言葉にすればほんの短くまとまった。説明に二、三分しかかからなかった。ケイがそれを知っている理由——リセットの説明の方に、余計に時間がかかったくらいだった。そのことに春埼はなんの感慨も抱かない。そのあいだ、自分たちがいる場所のことを考えていた。

物置代わりに使われている、階段としての役目は果たさなくなった階段。視線を少し上げれば、屋上に続くドアがみえる。でもそのドアには鍵《かぎ》がかかっている。ここが、今の自分たちの定位置なのだと思った。ケイがそう考えていることを想像した。屋上は二年前に死んでしまった少女の場所だ。以前、ケイと彼女が抱き合っていた場所だ。春埼にだって、忘れられないことはある。

窓の外では雨が降っている。ケイの話が静かに終わる。皆実はひと呼吸ほどの間をおいてから、ゆっくりとした動作で一度、頷《うなず》いた。

それから言った。

「このままだと死ぬって言われても、なんか実感湧かないな」

「もう死なないよ。津島先生が上手《うま》く対処してくれる」

「浅井くんは私が死んだってわかったとき、どう思った？」

ケイは声のトーンを変えなかった。静かな口調のまま答える。雨音みたいに。

「昔、ある女の子が死んだんだ」

それは、春埼にとって予想外の回答だった。もちろんケイは彼女のことを考えただろう。でもそれを自分から他者に語ることはまずない。春埼に対してさえ、ほとんど話題にはしなかった。

でも、考えてみればリセットという能力のことを、クラスメイトに伝えたところから普段の彼とは違っていた。初めからケイは懺悔《ざんげ》をしていたのだ、と気づいた。

彼は続ける。

「リセットを使うよう、僕が春埼に頼んだせいで、二年前にも死ぬはずのなかった女の子が死んだ。皆実さんのことを知ったとき、僕はずっと、彼女のことを考えていた」

「その子は、どうなったの？」

「どうにもならない」

ケイの声は変わらず、感情的ではない。

「僕は彼女を生き返らせる方法を、探しまわったんだよ。取り返しのつかない失敗を、なんとか取り返そうとした。でも上手くいかなかった。人を生き返らせる能力を、僕はみつけらけなかった」

考えてみれば、それは不思議なことだ。咲良田では人の望みが能力になると言われている。これまで死者が生き返ることを、誰も望みはしなかったのだろうか？　そんなことはないはずだ。なのにおそらく、咲良田には死者を生き返らせる能力がない。

「それでお終《しま》いだよ。あの子はどうにもなっていない。今もまだ、死んだままだ。少しタイミングが違っていたら、皆実さんも同じようになってしまったかもしれない。そのことを想像して、僕は怯《おび》えていた」

彼の声を聞いていると、春埼は少しだけ泣きそうになった。泣くという感情を、ほんのわずかに思い出した。きっとまたすぐに忘れるだろう。でも、このときだけは思い出した。

「そっか」

と、皆実は言った。

「とにかく私は、死んだら幽霊になれるんだね」

「多分ね。なにか、別の条件があるのかもしれないけど」

「でも、もし今夜、その好井って人に殺されたら幽霊になれる」

彼女の声は、嬉《うれ》しそうでも、悲しそうでもなかった。少なくとも春埼には、なんの感情もみつけられなかった。ただ事実を確認しているようだった。

ケイが尋ねる。

「幽霊になりたい？」

「どうだろ。それはそれで楽しそうかな、とも思うけど」

「でも、好井さんの方は君を死なせたくないはずだよ。もし彼に、なにか伝言があれば伝える。どれだけ怒っても、恨んでもいい」

彼の言葉で好井さんと言ったところだけ、なにか硬質な違和感があった。ケイにとってはまだ、彼の名前は非通知くんなのだろう。

皆実は首を振る。

「今のところは、特にないかな。まだ生きてるんだから、悔しくもないし。お互いにもう覚えてないことで怒るのも、馬鹿馬鹿しくない？」

「うん。そうかもしれない」

ケイは嬉しそうにほほ笑む。それは本物の笑顔だろう、と思った。怒ることが馬鹿馬鹿しいというのは、いかにも彼が好みそうなフレーズだ。

「なにか言いたいことができたらお願いするね。連絡先とか、わかるのかな？」

「津島先生に聞けばいいよ。教えてもらえるはずだ。好井さんはいろんなことを知ってるから、知り合いになっておくと便利だよ」

「うん、わかった」

皆実は頷いて、続ける。

「美空の能力のことは、内緒なんだよね？」

「うん。できれば秘密にして欲しい」

「いいよ。秘密ってけっこう好きなの。なんか特別な感じがする」

そう言って、皆実は笑う。よく休み時間に彼女が浮かべる、大《おお》げさな笑顔だった。


事態が変化したのは、金曜日の夕刻、放課後になったすぐあとだった。ケイにメールが入り、春埼にもそれをみせてくれた。差出人は津島信太郎だ。

明日——七月一五日、土曜日。午前一〇時に、ケイと春埼に会いたいという内容だった。場所は初めて村瀬に会った喫茶店だ。日付や時間もまったく同じ。春埼はケイに尋ねてみる。

「なんの用だと思いますか？」

顔をしかめて、彼は答える。

「わからないよ。でも、あんまり良い感じはしないね」

まったくだ、と春埼は思う。おそらく彼とは少し違う意味で。

明日の夜は、ケイと一緒にお祭りにいく予定なのだ。あまり面倒なことを頼まれると困ってしまう。

＊

その日、夜の遅い時間に、ケイはベッドに入った。

これまでの出来事を思い出して、整理して、線で繋《つな》いで、それから短い夢をみた。あるいは眠る直前、ふいに浮かび上がった記憶だったのかもしれない。どちらでもいい。なんにせよそれは、二年前に起こった、現実の出来事だった。

笑顔で語れる過去ではない。できるなら誰にも知られたくない、意識するだけで叫び出したくなる種類の思い出だ。これに比べれば、肉体的な痛みの記憶なんて問題ではない。

あのときケイは、初めて自分のためだけにリセットを使った。みんな消し去って、なかったことにしたかった。でもケイ自身は、この記憶を忘れることができない。思考、五感、感情――そのすべてを、鮮明に覚えている。

目の前には女の子がいた。場所は中学校の屋上だった。

よく晴れた空。遠くにひとつだけ、安定した雲が浮かんでいる。

ケイはそっと手を伸ばす。女の子は動かない。彼女の肩に触れる直前の、些細《ささい》で深刻な躊躇《ためら》いを、はっきりと思い出す。

夏服のブラウスは薄く、つるりとしていて、すぐ下には柔らかな肌があった。その体温と、皮膚の内側にある骨の形を感じていた。手の甲に彼女の髪の毛先が触れて、少しくすぐったかった。

彼女はじっとこちらをみていた。すぐそこに瞳《ひとみ》がある。目を閉じてほしいなと思ったけれど、口には出さなかった。

たぶんくだらない意地で、ケイも目を閉じなかった。彼女の唇は温く、そしてなんの味もしなかった。

一呼吸後で、余韻が充分に薄らいでから、彼女は小さな声で言った。

「わからない」

あるいは独り言だったのかもしれない。

でも確かにケイには、その言葉が聞こえていた。

これはもう失われた過去だ。

覚えているのは、ケイだけだ。

2　七月一五日（土曜日）——三度目のスタート地点

土曜日の朝は智樹の声で起こされる。三度目ともなると、さすがにもう慣れてきた。世界は晴れ渡っている。前の夜にどんな夢をみたとしても、天気が変わることはない。

ケイが待ち合わせの喫茶店に到着したとき、まだ津島の姿はなかった。代わりに二人の女の子がいた。

一方は春埼美空だ。それは不思議ではない。問題は、もう一方だった。彼女の斜め向かいに村瀬陽香が座り、不機嫌そうな表情でアイスコーヒーを飲んでいた。どうして？　津島が呼んだのだとすれば、事前に伝えておいて欲しいものだ。

春埼はいつも通りにケイを見上げる。

「おはようございます」

仕方ない。逃げ出すわけにもいかない。

ケイも「おはよう」と返して春埼の隣に座る。そこはつまり、村瀬の正面の席だ。彼女は口を開かなかった。殺す殺すと繰り返された相手と喫茶店で向かい合っているのは、正直気まずい。

「おはようございます、村瀬さん」

と言ってみた。返事はない。

続けて尋ねる。

「どうして、ここに？」

彼女はいつもの、睨《にら》むような目でこちらをみて、さも面倒だという風に答えた。

「津島に呼ばれた。あんた、どれだけ知ってるの？

知ってる？

「なにをですか？」

「私のことよ。能力の説明は、津島から受けた？」

そんなもの、話を聞くまでもない。目の前で彼女が実演してみせたのだから。なんだか、違和感があった。少し悩んだが、ケイは言ってみる。

「いまさら、わざわざ説明してもらうまでもありませんよ」

彼女はわずかに眉《まゆ》を寄せる。

「いまさらって、どういうことよ？」

「リセットする前に、僕たちは顔を合わせています」

「ええ。それが？」

「どこで会ったか、覚えていますか？」

「この喫茶店よ。なんなの、一体？」

ずれている。話がかみ合わない。彼女の表情に、嘘をついている様子はなかった。こんな嘘をつく理由にも思い当たらない。だとすれば。

「村瀬さん。僕を殺したいですか？」

彼女は怪訝《けげん》そうに顔をしかめた。

「どうしてあんたを殺さないといけないのよ」

それはこちらが訊《き》きたい。

「冗談です」

とケイは言った。

「悪趣味ね」

と村瀬は答えた。不機嫌そうな顔だった。

おそらく間違いないだろう。彼女には、リセットの前の記憶がない。いや、最初の金曜日の記憶は持っている。彼女とは確かにこの喫茶店で顔を合わせた。そして、事故に遭った猫を助ける依頼を受けた。でも、二回目の金曜日。あの河原でケイを襲った金曜日の記憶はもっていない。一度目のリセットでは彼女から記憶を奪えず、二度目のリセットでは彼女の記憶も奪った。どうして？

ケイは尋ねる。

「猫は、もういいんですか？」

「いえ――」

「どうせそれも、津島から聞いているんでしょう？」

いいや。彼は村瀬のことを、なにも教えてくれなかった。

「あの猫を、貴女《あなた》は半年ほど前に拾ったと言いました。当時は子猫だったけれど、すぐに大きくなった。雑種でオス。名前はミケ」

「なにを言いたいの？」

「この話は嘘です。雑種でオスというのは本当。でも、貴女の飼い猫ではなかった」

「よく調べたわね。それが？」

「だとすると、依頼の理由がわかりません」

飼っていた猫のためにリセットを使えというのは、わかる。もちろん人によって違うだろうが、肉親と同じようにペットを可愛がる人もいる。でも無関係な野良猫のためにリセットを使わせるのは、一般的に考えて過剰だ。

村瀬は答えた。

「試してみたかったのよ。あんたたちの能力を、私の能力で打ち消せるのか」

悩みながら、ケイは踏み込む。

「貴女に会ってから、僕たちは二度、リセットを使っています」

「そうらしいわね」

「津島先生に聞いたんですか？」

「あんたの喋《しゃべ》り方、嫌いよ。いちいちこっちを試すみたいで。言いたいことをはっきり言えば？」

「それはすみません。一度目のリセットは、確かに貴女から記憶を奪えなかったのだと思います。でも二度目は、貴女にも効果があった。どうしてですか？」

「実験は一度でいいでしょ。一度成功すれば、それでいい。もうあんたたちに興味はない」

「なるほど」

その言葉は、嘘だ。

彼女は一度、リセットを打ち消したあとも、警戒し続けていた。五分しか効果が持続しない能力を使い続けていたはずだ。「全身、能力」と繰り返していたから、村瀬が猫を撫《な》でるたびに、野ノ尾の能力が解除されていた。

村瀬が記憶を失っている時間――ひとつ前の、木曜日から土曜日、彼女はなにをしていた？　彼女に、なにが起こった？　唐突にケイたちの前に現れて、殺すと宣言した理由がそこにあるはずだ。

会話が止まるのを見計らっていたのだろうか、店員が注文を取りにくる。メニュー表から、ケイはコーヒーフロートを選ぶ。

不機嫌そうな表情のまま、村瀬は言った。

「どうしてそんなの頼むのよ？」

「嫌いなんですか？　コーヒーフロート」

美味《お》しいのに、もったいない。

「だって、氷にアイスが纏《まと》わりつくでしょ」

確かに。それは構造上の大きな問題点だ。優雅にコーヒーフロートを楽しむには、多少のアイスクリームを犠牲にする精神が必要になる。

「アイスコーヒーとアイスクリームが欲しいなら、別々に注文すればいいじゃない。わざわざ上に載せて出すのって、なんだか品がないわ」

「でも、別々に頼むと高くつきますよ？」

「どうせ支払うのは津島でしょ」

「あ、そうか。注文の前に教えてくれればいいのに」

「知らないわよ、そんなこと」

殺されそうになった相手との無駄話という貴重な時間を過ごしていると、ようやく津島がやってきた。五分ほど遅刻している。

村瀬の隣に座る彼を、彼女が睨みつける。

「どうして、このふたりまで呼んだの？」

津島は軽く答えた。

「マクガフィンが盗まれた。お前たちには、それを取り返してもらう」

唐突な話だ。頭の中で整理できつつあった状況が、また散らかった。息を吐き出すケイの隣で、春埼はモーニングセットのホットケーキを運んできた店員に「私です」と告げた。いつも通り、こちらの話にはあまり関心がないようだ。津島がその店員にブレンドコーヒーを注文する。

店員が立ち去ってから、村瀬が口を開く。

「ここにくれば、マクガフィンをもらえるって話だったと思うけど？」

なるほど。だから村瀬は、素直に呼び出しに応じたのか。

津島はテーブルに頰杖《ほおづえ》をついて、眠たげな目で彼女を見返した。

「盗《と》られたものは仕方ないだろ。取り戻せば、お前のもんだ」

「なら私ひとりでいいでしょ。こいつらはなんなの？」

「このふたりは、お前の先輩だ」

「どこが？　年下でしょ？」

彼は村瀬の方を向いたまま、ケイを指さした。ケイはその指先を避けることもできず眺めていた。

「こいつは過去二年間で、もっとも管理局を苦しめた」

村瀬の瞳《ひとみ》が、わずかな時間大きくなり、すぐに細められる。感情が顔に出るタイプらしい。素直なのはいいことだ。

「どういうこと？」

「二年前。中学二年生だった浅井ケイは管理局のルールに逆らい、ほとんど成功した。盤上は綺麗《きれい》に詰んでいた。こっちにはポーンがいくつかあるだけで、向こうにはクイーンがふたつ並んでいた。子供相手に、管理局は大混乱だ」

「それで、どうなったの？」

「こいつはそこで席を立った。管理局は慌てて、駒を初期配置に戻した。なにもかもが元に戻り、二年たった」

村瀬がこちらを睨《にら》む。

「本当なの？」

ケイは首を傾げてみせる。

「僕の記憶とはずいぶん違いますね」

笑って、津島が言った。

「お前の記憶じゃ、どうなってるんだ？」

「初めから、盤上にキングがいなかった」

頑張ってみたけど目標のキングはいなかった。どうしたところで勝ちようがない。

「意味がわからない」

と、村瀬がぼやく。でも、そう難しい話ではない。ケイは管理局に対して、我儘《わがまま》を通そうとした。そのためにずいぶん準備をしたつもりでいた。でも、上手《うま》くいかなかった。そんな方法では通らない我儘だと思い知らされただけだった。

コーヒーフロートが運ばれてきて、ケイはそれを受け取る。コーヒーがこぼれないように注意を払いながら、上に載ったアイスクリームをすくった。

津島は言う。ケイを指差したまま、村瀬の方を向いて。

「だから、こいつはお前の先輩なんだよ」

村瀬はまた顔をしかめて、ぼやく。

「そんなのが、どうして管理局の手先をやってるのよ?」

「俺も疑問だよ。どうしてだ?」

わざわざ口に出して答えたいことでもなかった。それよりも氷の上に載ったアイスクリームの処理に集中したかったけれど、仕方なく答える。

「無理に逆らっても仕方ないですよ。元々、管理局が嫌いなわけでもないし」

二年前、ケイはできる限りの準備をしたつもりでいた。でもそんなものでは、まったく足りないのだと気づかされた。初めから、考え方を間違えていた。あのころは強引に我儘を通すのが恰好《かっこう》いいと本気で信じていたのだろう。今思えば、まったく馬鹿げている。相手の力を借りたいのに敵対してどうするんだ。できるならケイは、管理局と握手をしたい。

「それより今はマクガフィンのことです。誰が、なんのために盗んだんですか?」

津島が、ああ、とつぶやく。

「昨日の放課後、マクガフィンは職員室の引き出しにあった。だがほんの二、三分、職員室からすべての教師がいなくなった時間ができた。そのあいだになくなっていた」

「津島先生がうっかり失くしたわけではなく?」

「違う。盗まれたことは事実だ」

ケイは津島の顔をじっとみつめる。彼の表情のサンプルは、記憶の中に多数ある。おそらく嘘はついていない。

「犯人の姿は、誰もみていないんですね？」

「みていない。だが、そこにマクガフィンがあったと知っている人物は限られる。職員室を無人にできる人物も。犯人はおそらく、好井良治だ」

非通知くん。管理局でさえ利用する情報屋。たしかに彼なら、その時間、職員室にいるはずの教師すべての情報を操るくらいのことはやるだろう。だが根拠としては、やはり弱い。ケイだってマクガフィンの在り処は知っていた。正直、同じことをやろうとすればできる自信がある。

違和感があったが、ケイはなにも尋ねなかった。おそらく津島は別の情報も持っているのだろう。犯人が非通知くんだとほぼ確信できるだけの情報を。それについて、ケイも心当たりがないわけではなかった。

「動機なんかはどうでもいい。さらっと取り返してくれ」

気軽に津島は言う。

「取り返すんじゃない。私がもらう」

と、村瀬は答えた。

ふたりの会話に口を挟む理由はない。春埼は黙々とホットケーキを口に運んでいる。

彼女の方が正しいのだろうな、と思いながら、ケイは口を開いた。

「ひとつだけ」

コーヒーフロートのアイスクリームをすくいとる。アイスはすでに表面が溶けて、コーヒーを濁らせつつある。

「皆実さんは、非通知くんと連絡を取りましたか？」

津島はしばらく沈黙してから、ゆっくりと首を振った。

「どうでもいいことだ」

その通りだと思ったので、ケイは頷《うなず》いた。

3

喫茶店を出てすぐに、津島とは別れた。

村瀬がついてきなさいと言うので、ケイたちは彼女の後ろについて歩いた。

大丈夫ですか、と春埼が小声でささやく。河原に近づいたら逃げ出そうか、とケイも小声で返す。冗談だったが、本当に逃げ出したい気持ちもある。マクガフィンなんて、誰が持っていようと知ったことではない。

信号もない小さな交差点で、村瀬は足を止める。

「どんな風に好井良治の居場所を捜し出すのか、わかる？」

ケイは頷く。彼女のコールを真似て、言った。

「手、好井良治と村瀬さんを遮るもの」

そう能力を使い、壁に触れる。触れたところに穴があいたなら、その先に彼がいる。

村瀬はわずかに目をみひらいた。

「どうして、知っているの？」

「リセットの前に、いろいろと見聞きしたので」

彼女の能力は「私に対して嘘をついた人物」なんてコールでも発動した。言葉にできればなんでもありなのだろう。

智樹から聞いた壁の穴は、ある方向に移動していた。先は川原坂という土地で、皆実が非通知くんに襲われた尽辺山もその付近だ。最初の土曜日には連絡がとれた非通知くんと、リセット以降は木曜から連絡がとれなくなった。そしてリセット後に記憶を持ち越せるのは、今回の件に関わっている人物ではケイと村瀬だけ。これらすべて繋《つな》げて考えると、あの手形の穴は、村瀬が非通知くんを捜していた痕跡《こんせき》だと推測できる。付け加えるなら、非通知くんは「あるトラブル」で情報が集まる環境を失い、皆実を襲うことになった。そのトラブルには村瀬が関わっている。

リセット前に死ななかった皆実未来が、リセット後には死んだ。理由は、リセットを越えて記憶を持ち越せる村瀬陽香が関わっていたから。わかりやすい答えだ。二年前の彼女の死に比べれば、ずっと。ケイは未《いま》だに、なにが影響して彼女が死んだのか理解できていない。

「たしかに、貴方《あなた》たちには多少の価値があるのかもしれない」

村瀬は独り言のようにささやき、ケイが告げたのと同じようにコールした。

「右手、私と好井良治を遮るもの」

それから右手を、四方の壁に押しつけて回る。北に向かって手を伸ばしたとき、壁に手の形をした穴があいた。

「こっちよ」

と彼女は言う。仏頂面だが、どこか得意げでもあった。

ケイは素直に驚く。予想はできても、実演されるとやはり目を見張る。能力の自由度が高すぎる。以前、彼女は自分の能力を最強だと言った。今思い出しても子供じみた表現だが、一方でそれなりの説得力もある。たしかに、便利だ。

穴があいた方向に、村瀬は歩き出す。ケイと春埼も、再びその後に続いた。

前を向いたまま、村瀬が言う。

「さっきの話、詳しく教えなさい」

「どの話ですか？」

「あんたが管理局になにをしたのか、よ」

「別に、昔ちょっと我儘を言っただけですよ。いろんな人に手伝ってもらって、管理局に逆らってみたけれど、結局失敗しました」

あのころの話を続けるのは、気が進まないことだった。ちょうどよいタイミングでもあったから、ケイは質問する。

「津島先生は、僕が貴女の先輩だと言いました。貴女も、同じことをしようとしているんですか？」

村瀬はしばらく黙りこんで歩いていた。やがて、小声で答えた。

「そうね。私は、管理局の在り方を変えたい」

一度口を開くと、彼女は多弁だった。

「管理局は気に入らない。この街には、せっかく能力なんてものがあるのよ。上手《うま》くやればいろんな問題が解決するはずなのに、あいつらはただみているだけ。そんなの、許せないじゃない。能力があるのに、それを使わないのはおかしい。誰でも本当は、幸せになるために全力を尽くすべきなのよ」

ケイは頷いた。彼女の言うことには、とても共感できる。初めて能力のことを知ったときからそう思っていたし、二年前、彼女が死んでも変わらなかった。春埼にリセットと指示を出すたび、どこかで事故が起こることを怖れながら、それでもより多くの誰かを救えると信じてきた。身勝手に。まるで神さまになりたいと願うように。能力は人を幸せにできるのだと、証明する気でいた。

「浅井。貴方も管理局が嫌いなんでしょう？　それなら、私と手を組まない？」

と村瀬は言った。

それは意外な提案だった。なんだか彼女のイメージとは違う。

「僕の能力は、それほど便利なものじゃないですよ」

「でも、リセットは強力よ。それにリセットを使うなら、貴方もいた方がいい」

ケイは春埼の表情を確認する。彼女はやはり、なんの興味もなさそうに、ただこちらをみているだけだった。ケイが村瀬を肯定すれば、彼女は頷くだろう。村瀬を否定しても、彼女は頷くだろう。

「方法は？　どうすれば、管理局は変わるんですか？」

「どうにでもなるわよ。私の能力は最強だもの。あらゆる能力を打ち消して、あらゆるものを消し去ることができる。ただそう望むだけでいい。正面から乗り込んでも管理局になんて負けない」

「なら、僕たちが協力するまでもない」

「ええ。でも、なにか想定外の事態が起こるかもしれない。やり直しが利くのは便利だわ。貴方たちは、もし私が失敗したらリセットしてくれればいい」

村瀬の能力は、確かに強力だ。だがもちろん万能ではない。管理局はすでに村瀬の能力を把握しているはずだし、それでも彼女はこうして自由に動き回れているのだからとくに危険視もされていないのだろう。きっと管理局は、村瀬の能力に対応するプランを持っている。

村瀬は続ける。

「一緒に管理局を倒しましょう。一度倒して、作り直しましょう。もっと効率的に能力が使える、新しい管理局を」

「なるほど」

よくわかった。もう、村瀬陽香に謎はない。

彼女はひとつ能力を持っているだけの、どこにいてもおかしくない少女だ。それなりに勇敢で、それなりに行動力があるのだと思う。意志が強くて、志が高くて、とても純真で。もしも便利な能力さえ持っていなかったなら、ただ心優しい少女だったのだと思う。それはつまり、管理局の在り方を肯定するような少女だ。能力は便利に活用されるのではなく、ただ厳格に管理されればいいという思想の、根拠になるような少女だ。

村瀬は足を止めて、振り向いた。

「私と手を組みなさい」

あの河原でみたものとは違う、だが真剣な瞳《ひとみ》で、彼女はこちらを睨《にら》む。

ケイも足を止めて、春埼に尋ねる。

「どうする？」

彼女は躊躇《ためら》わなかった。

「それは、私が決めることじゃないですよ」

誰にも気づかれないように、胸の中だけでため息をつく。でも、もしかしたら春埼はそれに気づいたかもしれない。根拠もないけれどそんな予感がした。

ケイはもう、答えを出していた。でもそれをまだ口に出したくはなくて、「少し考えさせてください」とだけ告げる。

村瀬は不機嫌そうに口元を歪《ゆが》めた。目つきが悪いのは地なのかもしれない。朗らかにほほ笑んだ顔も見てみたかったが、当分は難しいだろう。

村瀬は何度か交差点で足を止め、手のひらを壁に押しあてた。非通知くんがいる方向は、常に一定だった。どうやらそちらに、彼の自宅があるらしい。村瀬は非通知くんの自宅を知っていた。やはり水曜日の午後三時ごろに、彼女は非通知くんの元に向かったのだ。やがて彼女は、四階建てのマンションの前で足を止めた。

「ここよ。四〇八号室が、好井良治の部屋」

最上階で角部屋だ。なんとなく、彼は少しでも地面から離れたかったのではないだろうか、という気がした。

ドアの前に立ち、ケイがインターフォンを鳴らす。すぐに返事が聞こえた。男性の声だった。

「浅井です」

「ちょっと待って」

部屋の中から、ばたばたと足音が聞こえた。

やがてゆっくり扉が開く。消毒用アルコールのにおいがする。

立っていたのは、ひどく痩《や》せた青年だった。あらゆる部分に肉がついていない。衣服はすべて潔癖に白い。手には薄いゴム手袋をつけている。

こちらの顔をみて、彼は微笑む。

「やあ、久し振り。それとも初めましてかな？」

いつも電話越しに聞くのと変わらないリズムで彼は言う。でも今は、あの無機質な女性の声ではない。少し甲高い男性の声をしていて、それだけで印象がずいぶん違う。

非通知くん。あるいは、好井良治。どちらでもいいけれど、ケイはやはり非通知くんと呼ぶ方が好きだった。彼はケイたち三人を忙しく見渡して、村瀬で視線を留めた。

「そっちの君は、初めてじゃないね。三日前にもここにきた」

「それが？」

「簡単に言ってくれるけどね、君がいろんな線を切っちゃったせいで、ずいぶん大変だったんだよ？　電話もネットも使えない。まったく、死活問題って奴だ。ボクはエネルギーの供給源を失っちゃったわけだからね。考えてごらんよ、君、食道がなくなったら生きていけないでしょ？」

村瀬が不機嫌そうに答える。

「うるさいわね。あんたが悪いんでしょ」

非通知くんは大げさに、驚いた風に両手を上げた。

「なんだって？　ボクが悪い？　いや、そんなはずはないよ。ボクは生まれてこの方、誰かに恨まれるようなことはしたことがない。きっと君の勘違いさ。あるいは別の世界のボクがやったんだ」

「こちらが求めた情報を公開しなかった。向こうにばかり情報が渡るなら、通信手段を奪っておいた方がいい」

「君に話さなかったことは、ケイにも話してないよ。ボクはずいぶんフェアにやっていた」

「信用できない。それに、いつまでもフェアなままだとは限らないでしょ」

一度目のリセットの後——水曜日、村瀬陽香は非通知くんを捜して、ここにきた。彼女が欲しがった情報は、マクガフィンとリセットの情報、といったところか。だが求めていた情報が手に入らなくて、彼女は非通知くんの連絡手段を奪った。その結果、なにが起こるのかも知らずに。

意図的に抑えた口調で、村瀬が言う。

「ま、いいわ。マクガフィンを返しなさい」

「マクガフィン？　なんのことだかわからないな」

「また切るわよ？」

言って村瀬は、壁に手を当てた。彼女は触れるだけで壁を消せる。電話線やインターネット回線を探り当てて、それを切断して、五分後には壁が元に戻るから繋《つな》ぎなおすのはそれなりに苦労するだろう。

相変わらず大げさに、慌てた口調で非通知くんが答える。

「待って。嘘だよ、マクガフィンのことは知っている。ほら、ちゃんと自白したんだ。桜の枝を折ったのはボク。だから、許してくれたっていいだろう？」

「素直にマクガフィンを渡せば、なにもしないわよ」

「ボクは持っていない。これは本当だよ」

「なら、試してあげましょうか」

村瀬が右手を、非通知くんの顔に向かって伸ばす。

「私に嘘をついていたなら、あんたの頭が消える。触れてもいい？」

非通知くんは怯《おび》えた様子で、口元に力を入れた。それでもまっすぐに村瀬をみて言った。

「やってごらん。ボクは嘘をついていない」

小さな声で、春埼が言う。

「いいんですか？」

たぶん大丈夫だとは思うけれど。でもこのままでは、なかなか話が進みそうにない。

ケイはふたりの間に割って入る。

「非通知くんが言ってることは本当です。ここにマクガフィンはありません」

「どういうことよ？」

疑わしげに、村瀬がこちらをみる。だがそれよりも劇的に、非通知くんの顔色が変わった。先ほどまでよりもずっと怯えた顔つきで、彼は言った。

「ケイ」

名前を呼ばれただけだったが、それは懇願に聞こえた。おそらく勘違いではないだろう。ケイは続ける。

「非通知くんはきっと、誰かがマクガフィンを盗み出すのに手を貸しただけです」

「それじゃあ一体、誰がマクガフィンを持っているのよ？」

もう一度、先ほどよりも強く、非通知くんが「ケイ」と名前を呼ぶ。

ケイは首を振った。

「犯人はわかりません。誰にだってできたんです。非通知くんはマクガフィンの周りに人がいない環境を作ったから、僕にだって春埼にだって、それを持ち出せたんです」

非通知くんは意図的に、犯人を絞り込ませない環境を作った。けれど無意味だ。村瀬陽香の能力に、推理はいらない。この部屋を探り当てたように、犯人をみつけだすことは難しくないはずだ。

問題が大きくなる前に、手っ取り早く片づけてしまおう。非通知くんだってきっと、それを望んでいるはずだ。

「でも犯人は、どこかにマクガフィンを落としてしまったかもしれない。別の誰かが偶然、それを拾ったかもしれない」

　ケイは非通知くんをみつめる。

「そして彼なら、誰が拾ったのか、知っているかもしれない」

乱暴な方法だが、別にいい。きっと津島が意図しているのもこんな落としどころだろう。ケイとしても、マクガフィンのごたごたが平穏に収まるならそれでいい。

「知ってますね」

と、ケイは言った。疑問形でもなく。

非通知くんは笑う。

「わからない。でも、ひょっとしたら、彼女が拾ったのかもしれない」

村瀬は訳がわからないといった様子だった。春埼は興味がなさそうだった。ケイは、もう帰ってしまいたかったけれど、それでも最後までつき合うべきだということを理解していて、ため息をついた。

「じゃあ、彼女に連絡を取ってみてください」

「ちょっと待って。部屋でくつろいでいてよ」

「入っても？」

　尋ねると、彼は真顔で答えた。

「うん。消毒剤は、たくさん持ってるから」

村瀬は、部屋の中に入りたくないと言った。ケイは春埼にも外で待っているように頼んで、彼女は頷《うなず》いた。

非通知くんに連れられて、ケイだけが中に入る。

そこは、人が生活している部屋にはみえなかった。室内にあるのは、机と一台のコンピュータ、そして数台の電話機。あとは新品の衣類とシーツがいくつか、透明な袋に入ったまま積まれている。どれも無地で白色だった。部屋の片隅には段ボール箱がふたつある。一方はミネラルウォーター、もう一方は消毒用アルコールのパッケージだった。

フローリングの床には、当然塵《ちり》ひとつ落ちていない。この部屋にはベッドすらなかった。きっとその下に埃《ほこり》が溜《た》まるのが嫌なんだろう。

ケイは適当に、フローリングの床に座り込む。

非通知くんは手につけていた薄いゴム製の手袋を捨てて、まったく同じものを再びつけた。それから唯一生活を感じさせる冷蔵庫を開ける。中にはずらりとミネラルウォーターのペットボトルが入っている。他にはなにもない。

「どうぞ」

彼はペットボトルを差し出した。礼を言って受け取り、蓋《ふた》をあけて一口飲む。冷たくて心地よかった。でも、なんの味もしない。

「シンプルな部屋ですね」

と、ケイは言った。

「うん。綺麗《きれい》でしょ？」

と、非通知くんは答える。

「人はね、雲ひとつない空を、綺麗だっていうんだ」

「色とりどりの花畑だって、綺麗だといいますよ」

「でも、葉っぱに虫が這《は》ってたら悲鳴を上げるでしょ？　ボクも全部造花なら、綺麗だっていうかもしれない」

それから彼は電話を手に取った。番号をプッシュしてすぐ、相手は出たらしい。

「やあ。ちょっと質問があるんだけどさ、君、マクガフィンを拾わなかった？　黒い、小石みたいなものなんだけど」

ケイはもう一口、ミネラルウォーターを飲んで、それからこんな部屋でしか生きられない青年のことを考えてみた。実例が目の前にいても、上手《うま》く想像できなかった。強迫性障害の一種だ、と言葉に当てはめてみても、なにか意味があるとも思えない。でもこの部屋は非通知くんのイメージに合っていて、ケイは彼のことが嫌いではない。

短い電話を終えて、彼はほほ笑んだ。

「彼女、やっぱりマクガフィンを拾ってたよ。ここまで届けてくれるってさ」

「それはよかった」

ケイは答えて、それから尋ねる。

「ねぇ、非通知くん。どれだけのあいだ、なにも食べてないんですか？」

彼はほほ笑む。

「それは、水を除いて？」

「そう。水を除いて」

「どうだろう。たぶん、たったの四、五年だと思うよ。ぜんぜん大したことない。昔はね、アイスクリームとかを食べてたんだ」

「どうしてアイスクリーム？」

「ほら、冷凍庫の中だと、雑菌とか繁殖しないし」

「なら今でも食べればいいのに。買ってきましょうか、アイス」

「君が食べるのは止めないよ」

「一緒に食べましょうよ。友達でしょう？」

「友達だけど、嫌だ。だってあれ、溶けたらべとべとになるんだよ？」

「溶ける前に食べればいい」

「でも、どうせ食べたら溶けるし。お腹の中がべとべとだと思うと、皮膚を掻《か》きむしって洗い流したくならない？」

「僕はならないけど、なるんですか？」

「体に血さえ流れてなかったらねぇ。掻きむしったら血が流れると思うと、どうしてもためらっちゃうよ。ほら、あれもべとべとでしょ」

「体に血が流れてるのは許せるんですか？」

「実は許せない。昔さ、献血に行ったんだよ。体中の血を抜いてくださいっていったら怒られちゃった。どうしてだろうね」

「大抵の医者は人を殺したくないんだと思いますよ」

ケイと非通知くんはしばらくのあいだ、そんな会話を続けていた。ケイは少しずつ気分が良くなるのを感じた。彼との会話は、なんだか静かで心地いい。

「ねぇ、お腹が空《す》いているんなら、僕から情報を取ってもいいんですよ」

と、ケイは言ってみた。

非通知くんは首を振る。

「いや、いいよ。一昨日《おととい》、津島さんからいっぱいもらったんだ」

「どこまで聞いているんですか？」

リセットの前のこと。

「たぶん、君が津島に伝えたこと全部だよ。彼はそういうことを隠さない」

非通知くんは新しいシーツを一枚取り出して、それを床に広げ、寝転がった。

「ねぇ、ケイ。ボクはとても悪いことをしたんだ」

「そうですか？」

「そうだよ」

「じゃあ、そうなのかもしれません」

「うん。ありがとう」

ケイもフローリングに寝転がる。視界が変わって、窓の外に、空が見えた。たぶん偶然だろうけれど、雲ひとつない青空だった。

以前、いちばん初めに、電話越しに彼とした会話を覚えている。

彼は言った。

——できるだけ、綺麗な言葉で会話しよう。汚いものは、全部どこかに押し込んで。色々な意見をひとつずつ交換して、順番に理解していこう。ボクたちはゆっくりと、透明な会話をしよう。

今の会話は、彼の意に沿っていただろうか。汚いものを、きちんとどこかに押し込んでいられただろうか。

ふたりはもうしばらく、とりとめのない会話を続けた。できるだけ透明な言葉を選んだ。あるいは、本当に非通知くんは僕の友達なのかもしれないなと、ケイは思った。

4

まどろむような空気をかき消して、携帯電話が鳴り出した。モニターには「皆実さん」と表示されている。ケイは寝転がったまま電話を受けた。

「こんにちは、浅井くん」

と、皆実の声が聞こえた。

「どうしたの?」

「たぶん、そっちについたら、私は嘘をつくから。今のうちに話しておこうと思って」

彼女の声は、あらゆる色彩が抜け落ちたみたいに静かだった。

「それは、マクガフィンについて?」

「そう。私が盗んだ、マクガフィンについて」

思わずケイは笑う。

「君は偶然、それを拾っただけだよ。そうじゃないと、多少面倒なことになる」

教師の引き出しを生徒が勝手に開けてはいけないし、その教師は管理局員だ。さらに盗んだものは、村瀬陽香が狙っている。

「いいじゃない。秘密にしといてよ」

彼女はささやく。たしかに、この電話の内容が、誰かに聞かれているということもないだろう。

非通知くんと目が合う。彼は諦《あきら》めたように、薄く笑った。なにか言ったような気がしたけれど、それはあまりに小さな声だったので、ケイには聞こえない。

「ねぇ、浅井くん。私は吸血鬼に会いたかった」

と、皆実は言った。

「浅井くんにはわからないよね。私は、吸血鬼にかまれたかった。私も吸血鬼にして欲しかった。本当に、そうなればいいと思っていた」

「大抵、吸血鬼にかまれた人は、あんまり幸せにはならないよ。村の人に石を投げられたり、太陽の下を歩けなくなったりする」

「それでいいよ。誰に嫌われてもいい。別に、強い力が欲しいわけでもない。光に当たったら火傷《やけど》するとか、そんなのでいいの。私もなにか、特別な部分が欲しかった」

浅井くんにはわからない、と、彼女はまた言った。

その通りだ、と思ったけれど、ケイは黙って皆実の話を聞いていた。

「私は何度も、死のうと思った。それは悲しいことじゃなくって。きっと、身体がこの能力を知っていたんだと思う。すごく自然に死のうと思っていた。どんな方法でもよかったんだよ。わからないよね」

わからない。ケイは電話が嫌いだ。電話はいつも、一方的だ。勝手に鳴って、勝手に喋《しゃべ》り出す。

「一昨日、好井さんから電話があったんだよ。なんでもいうことを聞いてくれるっていうから、私を殺して欲しいって言った。でも、ダメだって。ひどいよね」

ケイはじっと、窓の向こうをみていた。空はよく晴れている。皆実の声は、雨音ほど心地よくはなかった。簡単に忘れられない声だった。

「だからマクガフィンが欲しいって頼んだの。能力すべてを支配するなんて、すっごく特別じゃない？　ごめんね。あれのことは、前から知ってたんだよ。部室にある資料はぜんぶ読んでるの。私は信用していなかった。でも美空が口に出したから、本当にあるのかもしれないと思った」

覚えている。木曜の休み時間、智樹から壁にあいた穴の話を聞いたころだ。春埼がマクガフィンという言葉を口に出したとき、皆実はたしかに表情を変えた。気づいていたけれど、ケイはそのことには触れなかった。

「あのときの皆実さんは、なんだか悲しそうだったよ」

印象的だった。本当は気になっていた。

彼女は電話の向こうで、困惑した風にささやく。

「どうして？」

もちろん、ケイにはわからない。

口早に皆実は続けた。

「そんなはずない。私は、それが欲しかったんだから」

「じゃあ、僕の勘違いかもしれない」

あのときの彼女の顔を、明確に思い出すことができるけれど。彼女が語った言葉と、実際に彼女が手にした能力には多少のずれがあって、そのあいだを想像で埋めることだってできるけれど。でも彼女は本心を指摘されることなんて、望んではいないだろう。

ただ深くて暗い穴にかさばる荷物を投げ込みたいだけなのだろう。なら深くて暗い穴になろう、とケイは思う。

「私はマクガフィンを手に入れた」

「それはよかったね」

「でも。ねぇ、本当にこれが、マクガフィンなの？」

「僕は知らないよ。みたこともない」

「本当に？」

「どうして僕が知ってるのさ？」

「だって。それは、わからないけど。でも浅井くんって、わからないことを知ってるもの」

そうじゃない。彼女は過剰にケイと春埼を特別視しているのだ。幽霊になって、そのことをまず報告する程に。

たしかに奉仕クラブに所属するということは——管理局から強い監視を受けるということは、みようによっては特別なのかもしれない。彼女の興味の片端にひっかかってもおかしくない。でもそれは、少し便利な能力を持っているというだけだ。ほかはただの高校生で、彼女が漠然と考える特別とはまったく違う。

ケイは意図して、ずれた答えを返す。

「僕が知ってるのは、教科書に載ってることばかりだよ。U研の人たちの方が、ずっと訳のわからないものについて詳しいんじゃないかな」

そうじゃなくて、と彼女はささやく。それからしばらく沈黙する。

「ま、いいや。私にもよくわかんなくなってきた」

へへへ、と彼女は声に出して、照れ隠しのように笑った。それが今日初めて聞いた、いつもの皆実未来の声だった。それでケイは、彼女の嘘をつかない話が、もう終わったのだとわかった。

「あと少しで、好井さんの家につくよ」

「マクガフィンはいいの？」

「うん。どうせ使えないし」

ケイは、少し迷ってから尋ねる。

「ねぇ、皆実さんは今も、幽霊になりたい？」

彼女はしばらくの間、黙っていたけれど。

「ひみつ」

そう答えて、電話を切った。

＊

春埼美空は空を見上げていた。

マンションの通路だ。四階だが、非通知くんの部屋からは数メートル離れている。春埼は通路の手すりに両手をついて、きゅっと顎《あご》を上げていた。

特別に空が好きなわけではない。雲の形にも興味はない。そもそも今日は雲が少なかった。でも空は、じっとみていても問題を生まない。それは優れた利点だと思う。

隣では反対を向いた村瀬が、数十秒に一度の割合で「遅い」とつぶやいている。暇ならケイたちと共にいればいいのに。そんなに非通知くんの部屋には入りたくないのだろうか。

「ねえ、あんた」

村瀬は八つ当たりのように言った。

「昔の浅井を知ってるの？」

「昔って、どれくらい昔ですか？」

「二年前のことよ」

彼女は当然でしょうという風に言った。もちろん、当然だった。そんなことは春埼にも理解できていたけれど、素直に答える気にはなれない。ケイが話したがらないのであれば、勝手に話すべきことではない。

「ケイに初めて会ったのが、その時期ですから。知っていることも、知らないこともあります」

「あいつが管理局に逆らったこと、もちろん知ってるわよね？」

少なくとも村瀬よりは知っている。そう思ってから、表現を変えて答えた。

「ある程度、何が起こったのかくらいなら知ってますよ」

「なら教えなさい。あいつは何をして、どうなったの？」

春埼はそっと息を吐きだす。なにか適当に言い逃れられる方法を探したけれど、上手《うま》くみつからない。

「どうして黙ってるのよ？」

詰め寄られた。面倒だ。

「村瀬さんはどうして、管理局と戦うんですか？」

別に興味もないけれど、話をそらすために聞いてみる。

「理由なんて、なんでもいいじゃない。あいつらは正しくないんだから、どうにかすべきなのよ」

「正しくないって、どこが？」

「あんた、さっきの話聞いてなかったの？」

ぼんやりと聞いていたが、もうほとんど覚えていない。村瀬陽香と管理局はまったく別の考えを持っていて、一方の話だけでは全体を理解できない。とはいえ管理局から詳しく話を聞くつもりもなかったから、村瀬の話もすぐに忘れた。意識に残していない方が、面倒がなくていい。

人を理解するのは大変だ、と春埼は思う。——咲良田の能力は、その人物の願望に沿ったものになることが大半らしい。ならリセットなんて能力を使える私は、すぐに色々なことを投げ出す人間なのだろう。そんな私が、ケイを理解しようとしているのだ。他のことに無関心になっても、仕方ないことだ。

春埼は瞬《まばた》きよりも少しだけ長い時間目を閉じて、そう考えた。とくに珍しい話ではないはずだと思った。大抵の人は、大多数の他人に対して興味がない。

「とにかく、浅井の話をしなさいよ」

意外としつこい。

無意味な質問を探すのも面倒になって、黙っていると彼女は続けた。

「だいたい、あんな奴に管理局がどうにかできるはずがないのよ。管理局がその程度の能力しか持ってないなら――まぁ、私は楽でいいけれど」

村瀬の声が少し沈む。その理由に、春埼は思い当たらなかった。

「ねぇ、あんたは私の仲間になる気はないの？」

「それはケイが決めることです。私は知りません」

「自分のことくらい、自分で決められないの？」

それは色々な人に言われた言葉だった。春埼にはわけがわからない。ケイに従うことを、自分で選んだのだ。いったいどこに問題があるのだろう。

なにも言わないでいると、村瀬はもういいという風に首を振った。

「なら、浅井は私の仲間になると思う？」

まずなりはしないだろう。ケイの考え方と、村瀬陽香の考え方はまったく違う。二年前の時点でも違っていた。けれど、あまりに違うから、ケイが頷いても不思議ではなかった。おそらく仲間という言葉の解釈さえ違うのだ。

　そのあともしばらく、村瀬はなにか文句を言っていた。春埼は空ばかり眺めていた。たまに通路の突き当りにあるドアをみて、ケイのことを考えた。やがて、皆実未来の声が聞こえてきた。

「あ、美空だ。やっほー」

　手すりの向こうを見下ろす。皆実が手を振りながら、通りの向こうから歩いてくる。やっほう、と春埼は彼女を真似てみた。意味のよくわからない言葉だが、おそらく挨拶《あいさつ》の一種だろう。やがて皆実はこのマンションに入り、春埼の視界から消えた。

「だれ？」

　村瀬に尋ねられ、仕方なく春埼は答える。

「クラスメイトですよ」

「どうして、クラスメイトがここにくるのよ？」

「わかりません」

　皆実もここに住んでいるのかもしれないし、友達がいるのかもしれない。ケイが呼んだというのがいちばん可能性が高そうだが、理由までは知らない。彼女がマクガフィンを持っているのだろうか。

　そう間を置かす、エレベーターのドアが開く音が聞こえた。通路にぱたぱたと足音を響かせて、皆実がこちらに近づいてくる。

「やっぱり、美空も来てたんだ」

それから村瀬を見て、困ったように会釈した。

「えっと、美空のお友達？」

どう答えたものかと迷っていると、村瀬が「違うわよ」と言った。皆実はさらに大げさに困り顔を作ってこちらをみる。仕方がないので紹介する。

「彼女は、革命家の村瀬さんです」

「え、革命家？」

「違うわよ」

村瀬がまた冷たい声で否定する。違わないはずだけれど。

「まぁなんでもいいや」

本当になんでもよさそうに、皆実は頷く。

「浅井くんは、中にいるの？」

「はい。非通知くんと話しています」

「非通知くん？」

「好井さんのことです」

隣で村瀬が、皆実を睨《にら》む。誰にでも敵対的な人だ。

「あんたはどうして、ここに来たの？」

　言葉にも棘《とげ》がある。なんだか、ひどく疲れそうな生き方だと思う。対して皆実はにこにこと笑って答える。これはこれでストレスが溜《た》まりそうだった。

「ちょっと届け物があって」

「そう。あんたがマクガフィンを拾ったわけね？」

「そういうことになってるみたいだね」

　村瀬は怪訝《けげん》そうに眉《まゆ》をひそめる。

「ま、いいわ。ともかく、マクガフィンを出しなさい」

　面倒な話になりそうな予感があった。しかし皆実は、簡単にポケットからなにかを取り出す。春埼には、それはただの黒い小石にみえた。

「それ、私が預かるわ」

「んー。どうだろ、一応浅井くんに渡すって約束しちゃったし」

「それは、私が持っているべきものなの」

「どうして？」

「管理局を倒すために必要だから」

　ほら、やっぱり革命家だ。

　皆実は相変わらず笑ったままだった。

「面白いね。でも、そんなのできるはずないよ」

「やれるわ。私には力がある。あんたの価値観で喋《しゃべ》らないで」

皆実の笑みが、少しだけ変化する。おそらくは冷たく、否定的に。

「なにそれ、バカみたい。力があるんなら、こんなのいらないでしょ」

「うるさい。私は絶対に失敗できないの。手に入るものはなんだってもらうわ」

軽く鼻で笑って、皆実はこちらをみた。

「美空だって、無理だと思うでしょ？」

話を振らないで欲しい。否定しても肯定しても、口喧嘩《くちげんか》に巻き込まれそうだ。面倒なことはしたくなかった。

隣で村瀬が、呆《あき》れたように首を振る。

「いいから渡しなさい。奪い取るわよ」

「勝手にすれば？」

「私は、あんたのために言ってるの。痛い思いはしたくないでしょう？」

「うるさいなぁ。どうせなんにもできないんでしょ。本当に特別な人は、貴女《あなた》みたいな感じじゃないよ」

どうして皆実は意固地になるのだろう。教室でみる彼女とは、ずいぶん違う。なにかに苛立《いらだ》っている様子だけれど、それがなんなのかわからない。

「奪いたいなら、奪えばいい」

皆実の言葉に、村瀬の目がすっと細くなる。

「人差し指の爪、人体」

小声で、村瀬がささやく。彼女は手を振った。マクガフィンを握る、皆実の手を掠《かす》めるように。こつん、と硬質な音を残し、マクガフィンは通路に落ちた。少し遅れて、皆実の悲鳴が聞こえた。

「これでいい？」

村瀬は通路に落ちたマクガフィンを拾う。皆実の手からは血が流れていた。

「もし浅井が私の仲間になるんなら、連絡してって言っといて」

一方的にそう告げて、彼女はこちらに背を向け歩き出す。

これはやっぱり追いかけるべきなんだろうなと思ったけれど、実行するよりも先に、非通知くんの部屋の扉が開いた。

「放っておけばいいよ」

とケイが言うので、春埼は黙って立っていた。

彼は皆実の怪我の様子をみたり、津島に報告の電話を入れたりしていた。皆実は、傷がどうというよりは、むしろ自分が傷つけられたことに驚いている様子だった。特別に泣きも笑いもせず、ぼんやり包帯代わりに裂いたシーツが巻かれた手をみている。もっとも動揺していたのは非通知くんだ。辺りをせわしなく歩き回りながら、何度も「どうして」とつぶやく。一体なにがどうしてなのか、春埼にはわからなかった。

「大丈夫ですよ、村瀬さんが能力で傷つけたのなら、五分くらいで傷口は塞《ふさ》がります」

と、ケイが言う。その通りだと春埼は思った。出血の量もそれほど多くはない。問題があるとすれば傷口から雑菌が入ることくらいだが、適切に処理すればその危険も低いだろう。

春埼はケイに尋ねてみる。

「どうして村瀬さんを追いかけないんですか？」

ケイは苦笑いのような笑みを浮かべた。

「今はまだ、こちらからは動けないよ。彼女の状況がわからないから、やり方を決められない」

「状況？」

「村瀬さんが、どれくらい追い込まれているのか。できれば平和的に終わらせたい」

彼が言っていることが、よくわからなかった。でも、とくに問題はない。浅井ケイは間違えない。春埼はただケイに従う。彼の考えを理解できないのは悲しいことだが、時間をかけてゆっくりと考えればいい。

ケイは少しだけ笑みを大きくして続ける。

「それに、村瀬さんを追いかけないことにはもうひとつ理由がある」

「なんですか？」

「今深入りしちゃったら、たぶん今夜のお祭りにいけなくなるよ」

なるほど、それは重要なことだ。村瀬陽香やマクガフィンなんかよりも、ずっと。

春埼はこくりと頷《うなず》く。

彼の笑みはなんだか悲しげにみえたけれど、その理由には思い当たらなかった。

＊

ケイはひとり、再び喫茶店に向かった。津島に会うためだ。春埼とは夕方ごろに会う約束をしてわかれた。彼女は浴衣《ゆかた》に着替えるため、一度自宅に戻っている。

そろそろ午後二時になる。村瀬から猫を救出する依頼を受けなければ、もうずっと前に過ぎ去っているはずの時間だ。あの依頼をうけたのが、午前一〇時を過ぎたころだった。本来なら四時間足らずのあいだに、ケイは五日と少々の体験をした。ずいぶん時間がかかったけれど、この先のことはケイにも知識がない。天気がどうなるのかもわからない。晴天が続けばいいと思う。今夜も、明日も。

喫茶店に入る。今朝とまったく同じ席に津島が座っていた。湯気を立てるコーヒーもそのままで、彼の表情だけがわずかに違う。

ケイは席につき、店員にアイスコーヒーを注文した。挨拶《あいさつ》も前置きもなく、津島が口を開く。

「お前に依頼がある」

「それは、奉仕クラブの仕事ですか？」

「違う。俺の個人的な頼みだ」

「内容は？」

決まりきった作業を確認するように、過去に体験したやり取りを繰り返すように、ケイは尋ねる。彼が話すことも、おおよそ予想できていた。

「俺のクラスに、不登校の生徒がいる。彼女を学校にくるよう説得して欲しい」

これだけなら能力もいらない、管理局なんて関係ない話だ。津島は続ける。

「生徒の名前は村瀬陽香。お前よりもひとつ年上だが、去年の夏から学校に来ていないから今の学年は同じだな。お前にとっては奉仕クラブの先輩でもあるが、こっちも休部扱いになっている」

奉仕クラブの先輩だということだけが、ケイの想定していなかった話だった。今回の件においては重要なことではないだろうが、考えてみれば当然だ。あの能力を、管理局が監視しないはずがない。

「その生徒について、詳しく教えてください」

津島はコーヒーに口をつけた。

そして初めて、彼は村瀬陽香について語り始めた。

「どこにでもいるような生徒だよ。成績は上々、運動の能力も高いが不器用で球技が苦手。普段からいまいち要領がよくなくて、負けず嫌いで、真面目で、たとえば掃除の時間なんかに文句を言いながらいちばん働くタイプの生徒だ」

その評価は、ケイのイメージとずれていなかった。本当に、どこの学校でも学年にひとりくらいはいるような生徒だったのだろう。普通に幸せに生活すべき高校生で、わざわざ革命を起こそうなんてことを考える必要のない女の子だったのだろう。

でも。壁の穴は、一年前にもみつかっている。それは死神の通り道と呼ばれた。なぜなら先に、事故現場があったから。津島は以前、最悪の事態とは友達が悲しむことだと言った。

彼は続ける。

「村瀬には兄がいた。少し年が離れていて、二年前に管理局に入った。同じ部署でね。オレの後輩だった。そいつもまた真面目な奴で、咲良田の能力をもっと上手《うま》く運用すれば、たとえば救急の方面なんかで大きな成果が上がるはずだと考えていた。それを実現するために管理局に入ったんだな。村瀬はまともに、その兄の影響を受けていた」

野ノ尾は猫が捕まえられていた部屋に、若い男の写真があると言った。ひとりだけで写った青年の写真を部屋に飾る理由はなんなのか、あのときは疑問だった。

「去年の夏、その兄が死んだ。つい二週間ほど前に、一周忌があったよ」

「交通事故で、亡くなったんですね？」

「ああ。ただの事故だ。加害者が自分で電話をかけて、すぐに救急車が向かった。でも間に合わなかった。もちろん、能力が絡む余地なんかない。だから管理局はなにもしなかった。あのころの上司も俺も告別式には出たが、それだけだ。本当に、どこにでもあるような不幸だった」

その通りだろう。ここが、咲良田でなければ。もしも村瀬陽香が能力なんて持たず、そんなものの存在を知りもしなければただの悲劇でよかった。数日間泣いて、思い出す度に泣いて、それからゆっくりと風化していく不幸で終わらせられた。能力なんて不完全な希望が彼女の背中を押さなければ、続きはない話だった。

すでに必要のない説明を、津島は続ける。

「でも、村瀬には八つ当たりの相手がいた。もし管理局が、兄の言う通りに能力を管理していれば、兄は救われたんじゃないかと考えた。間違っちゃいないよ。管理局がその気になれば、事故を未然に防ぐことだってできる」

場違いだ、と自覚しながら、ケイは口を開く。

「もし彼女のお兄さんが、もう何年か管理局に勤めていたら、状況は変わっていたと思いますか？」

純粋な好奇心だが、尋ねないではいられなかった。

津島は首を振る。

「おそらく無理だろう。何年でも、何十年でも。管理局は理性的な組織だ。中にいるとしばしば感じるよ。驚くほどに狂いのない組織だ。事故に遭ったのが誰であれ同じように処理された。権力者だとしても、管理局の重要人だとしても、その子供だとしても。

俺たちは、個人の幸福を求めない。なぜだかわかるか？」

「それがいちばん、問題を生まないから」

「ああ。事故のデータは街の外に出る。管理局があらゆる事故を排除できたとして、そんなに目立つことはすべきじゃない。それにひとり助けると、すべてを助けなければならない。すべてを助けると、また別の幸福が求められる。線を引かなければならない。能力を使わないことに関して、うちはプロフェッショナルだよ。多数の前例と、無数のシミュレーションデータを持っている。管理局のルールは、理性的に判断して正常だ」

「では、津島先生の感情で判断しても、正常ですか？」

「意味のない話だ」

彼はわずかに目をふせ、コーヒーに口をつける。顔はしかめなかった。

違うのだ、とケイは思う。彼は感情で判断して、行動したのだ。そうでなければこうも状況をややこしくはしない。

村瀬陽香に、もう疑問はなかった。わからないのは津島信太郎だけだった。

ケイは尋ねる。

「貴方《あなた》は、なにを考えていたんですか？」

今回の件は、裏にずっと津島がいた。

猫を助ける依頼を引き受けたのも、津島だろう。もちろんあの時点で、彼は村瀬のことを知っていた。なのにケイには情報を秘匿した。もし彼女の背景や目的が公開されていたなら、動き方はまったく違っていた。

「なんにも考えてねぇよ。俺は放任主義なんだ」

「いいえ。貴方はずっと、村瀬さんを気にしていた」

「ただ気にしていただけだ」

彼はテーブルに肘《ひじ》をつき、その手で額を押さえた。

「もう一年だよ。あいつはずっと、管理局を許さないと言っていた。何度も。何度も。何度も。同じことばかり繰り返すんだ。昨日と今日の区別もついてないみたいに」

一年間。この人はそれを聞き続けたのだろう。初めて会ったころから変わらない。根本的な部分で、ひどく真面目な人だ。

津島は腕の向こうで、疲れた風に笑う。

「今月の頭、お前から伝言を聞いたとき、つい笑ったよ」

二週間前の伝言だ。マクガフィンが盗まれる。あの時点で、犯人が村瀬だということを、津島は当然知っていた。

「正直、嬉《うれ》しかった。あいつはようやく動き出したんだ。どんな方向に進むにせよ、一歩、踏み出したことに変わりはない」

気持ちは、わからなくもない。

それでもケイには、納得のいかないところがあった。もっと端的にいうなら――感情的にいうなら、許せなかった。

「でも彼女は、やり方を間違えている」

「多少間違えてもいい。まだ高校生だ」

「ええ、それはいい。そうじゃない。貴方は間違えると知っていたのに、どうして具体的に行動しなかったんですか？」

いや、違う。口に出して気づく。彼は初めから動いていた。

マクガフィン。あれは、村瀬へのストッパーだったのではないか？　彼女の思考が管理局に向かう前に、別のダミーを用意した。管理局を倒すという危険な目標の前に、マクガフィンを手に入れるという平穏な目標をおいた。

同じダミーは、もうひとつある。ケイと春埼だ。もっといえば、リセットという能力だ。村瀬がリセットに興味を示さないわけがないのだ。だって、それは、彼女の兄を救えたはずの能力なのだから。実際に事故に遭うはずだった一匹の猫を、救ってみせた能力なのだから。

津島は柵《さく》を作ったのだ。村瀬陽香と管理局のあいだに、マクガフィンとリセットで柵を作っていた。その手前でのみ、彼女を自由にさせた。くそ、なんてことだ。腹立たしくて、それ以上に嬉しくて、ケイは笑う。やはり津島は信用できる。

「マクガフィンの噂を作ったのも、先生ですか？」

だとすればすべてに、納得がいくのだけれど。

彼は首を振った。

「いや。たまたま持っていたから利用した。以前、噂を聞いて回収したものだよ。調査の結果、ただの石だとわかっている」

たしかに、そこまで津島が仕込んでいるのは現実的じゃない。皆実の話では、マクガフィンの噂が流れたのは二、三年前だということだった。

おおよそ津島の意図もみえてきたが、まだひとつわからないことがある。

「村瀬さんにマクガフィンを渡したのは、なぜですか？」

あれを取り返すのは、ケイと春埼だけでもできた。もっといえば、津島が自分で動いてもよかったはずだ。わざわざ村瀬に渡して、管理局とのあいだにある柵を壊す必要なんてない。

津島はわずかに、顔をしかめた。

「皆実が死んだと、お前から報告を受けた」

「それが？」

「思いもよらないことだった。だが、言葉を選ばなければ、強力なカードになる」

カード？

「それは、村瀬さんに対して？」

「あいつが無茶をしたから、人が死んだ。高校生が考えを変えるには充分な理由だ。迷ったが、話した。その結果次第では、お前にこんな話をする必要もないと思っていた」

だが、村瀬には効果がなかった。いや、彼女は確かに変化したのだろう。だから想定外のトラブルに備えて、リセットという能力を手に入れようと考えたのだ。彼女から手を組もうと言われたときは意外に感じたが、今なら納得できる。

津島は続ける。

「正直、あれでだめなら、オレには説得できないよ。最後のカードを切るしかない」

「マクガフィンを渡すことに、なんの意味があるんですか？」

「それは重要じゃない。お前らと一緒に行動させることが、最後のカードだ」

「僕たち？」

「俺が考えていたのは、お前らとあいつの距離を最適に保つことだけだよ。最初からそれが切り札だった。どうしようもなくなれば、お前らをぶつければいい。程よく暴れて綺麗《きれい》に負けて、あいつが納得するカードが一枚あればよかった」

「僕たちに、村瀬さんを説得しろというんですね？」

「ああ。だからこうして頼んでんだろ。アイス食ってもいいぞ」

なんだ、それは。

「僕たちが負けたら、どうなるんです？」

「管理局が動くよ。極めて理性的に、村瀬の件は処理される。あらゆる問題は取り除かれ、そして誰も幸せにはならない」

彼は乾いた口調でそう言って、それから、一応という風に付け足す。

「お前らが負けるわけはねぇよ。勝負にならない」

そもそも勝負なんかしたくない。だが、反論はしなかった。

代わりに、本題を口にする。

「管理局は、どこまで知っていますか？」

「俺にも正確にはわからない。もちろん村瀬陽香のことは知っている。彼女が管理局に反感を持っていることも。加えて、好井の件は俺から報告している。リセットしたとしても、人がひとり死んだ。隠すわけにはいかない」

「管理局は動きますか？」

「まだだ。だが、今日のことを報告すれば確実に動く。村瀬は皆実を傷つけた」

「ほんのかすり傷です」

「程度は関係ない。初めて能力を使い、自分の意思で人を傷つけた。それは管理局のラインから踏み出している。オレの考えでも、アウトだよ」

「いつ報告するんですか？」

「月曜には管理局に伝わる。あの組織に嘘はつけない」

それはわかっている。管理局は多数の能力者を抱えている。感情や規律の問題ではなく、物理的に嘘はつけない。

「近々、管理局は村瀬に接触する。その段階でもまだ、村瀬が管理局に敵対的なら、アウトだ。今のあいつは管理局員にだって能力を使うかもしれない」

津島の言葉に、ケイはため息をつく。

状況はわかった。たぶん正確に、彼女に伝えるべきことまで。だが時間がなさすぎる。まともな方法はみつからない。いや、時間の問題でもなかった。津島はずっと、正常で誠実な形で彼女を変えようとしてきたのだろう。一年かけてだめだったなら、多少の時間があったところで、正しい方法では間に合わなかったということだ。

それでも、嫌だった。

「僕には彼女を説得する方法を、ひとつだけしか思いつけません」

ひどいやり方だ。それは、本来なら絶対に避けなければならないやり方だ。津島の友人が、きっと悲しむ。

「僕はそれを、したくない」

津島はじっと、こちらをみていた。それから彼には似合わない、気弱な笑みを浮かべた。

「なら、仕方ない。俺も本心じゃ、こんなことで生徒を頼るのは心外だ」

彼の言葉は嘘ではないだろう。今日まで村瀬の情報を秘匿し続けた理由は他にない。本来なら、彼自身の手の中で終わらせたかったのだろう。でも。ずるい表情だ、と思った。彼はこちらを、充分に理解している。

ケイは目を閉じる。思考するというよりも、ただ迷っていた。ケイが行動した場合の結果。しなかった場合の結果。ふたつを順に想像して、ため息をついた。

目を開いて、メニューを手に取る。

「ケーキセットを注文してもいいですか？」

アイスクリームではわりに合わない。

津島は笑った。

「メニューをみんな頼んでもいい。ほかに要求があるか？」

「では、村瀬さんに伝言をお願いします」

「内容は？」

「手を組んで、一緒に管理局をやっつけよう。明日の午前一一時四五分、川原坂の河原に来てほしい。時間厳守」

明日、きっとすべてが終わる。

5

喫茶店を出て、ケイは神社に向かった。

はじめて野ノ尾盛夏に会いに行ったときのことを思い出した。リセットを二回。そしてようやく、あれから数時間後の世界に到達した。あの時はまだ準備中だった屋台が、ようやくたこ焼きを売り始めている。ケイはそれをひとつ買って、石段を上った。

ずいぶん歩きなれた山道を進む。社には、はじめてみたときと同じように、猫に囲まれた野ノ尾がいた。

変わらずにまっ白な肌。目を閉じている。変化があるとすれば、彼女の脇に灰色の猫がいることくらいだ。しっぽの先が曲がった猫。彼は目を閉じて、心地よさそうにあくびをした。

「こんにちは」

と、声をかける。ゆっくり野ノ尾の目が開く。

「なんだ、君か」

と彼女は言った。

「食べますか？」

ケイは手に持っていたたこ焼きを差し出す。彼女は嬉《うれ》しそうにそれを受け取って、パックを開き、「マヨネーズがついていない」と言った。

猫が一匹立ち上がり、階段にスペースを空けてくれたので、ケイはそこに座る。立ち上がった猫はケイの背中に爪を立て、頭まで上った。結構重い。

野ノ尾はたこ焼きをひとつ、口に運んだ。意外と猫舌ではないらしい。少し残念な気もする。頭の猫が落ちないように注意しながら、ケイも横からたこ焼きをひとつ取って食べた。下の方、ずいぶん遠くから祭りの喧噪《けんそう》が聞こえる。本格的に盛り上がるのは暗くなり始めてからだろうけれど、すでに普段の神社に比べればずっと騒がしい。

「なぜ黙っている？」

そう言われて、ケイは微笑む。

「話題がないなと思って。困ってたとこです」

「用があるんじゃないのか？」

「木に登ろうと思って」

高いところから、ずっと遠くをみたくなることだってある。

「知ってますか？　僕は貴女《あなた》と一緒に、世界でいちばん優しい言葉について話し合ったんです。ただいまよりも、おかえりの方が少し優しい。ショートケーキよりも、ホイップクリームの方がもっと優しい。そんなことを、順番に話したんです」

野ノ尾はしばらく考えて、首を振った。

「記憶にないな」

「忘れてしまったんですよ。そういう能力を使ったから」

「なら、知っているはずがない」

「その通りですね」

ようやく、頭の猫が跳び降りた。

晴れた空に一握りほどの、つるりとした雲が浮かんでいる。日の光は潔癖に白く、その熱を増している。濃い黄緑色の木々は熟睡する小学生みたいに静かだ。セミの声はいくつも重なり、波のように打ち寄せていた。呼吸をすれば、草の匂いを感じる。猫はまたあくびをしている。

ケイは言った。

「あの時、僕たちは、答えを出すつもりがなかった」

優しい言葉について。ただ語り合い、お互いの言葉を肯定しあって。

それ以外のことは、求めていなかった。

「僕たちは知ってたんです。そんな話が無意味だってことを」

「そうかもしれない」

と、野ノ尾は答えた。

きっと村瀬は、なにかを伝えたいだけなんだ。でもそれが誰に対する、どんな言葉なのか、おそらく彼女自身も正確にはわかっていないんだ。正しい手段で、正しく伝えることができないでいるだけなんだ。

津島だって同じように、ただ語りかけたいのだろう。村瀬に対して――たぶん津島が知っている村瀬自身のことを、きちんと伝えたいだけなのだろう。

ただそれだけなのに。言葉が万能だったなら、それですべて収まったはずなのに。彼女のお兄さんが死んでからの一年間、ふたりとも正しい言葉をみつけることができなかったのだろう。

言葉は場合によって、とても無力だと思う。どうしても伝えたいことがあったとき、もしそれを伝える言葉を持っていられたなら、きっととても幸運なことだ。

伝言が好きなの、と少女は言った。

ケイは初めから、世界でいちばん優しい言葉を探し出すことを、諦《あきら》めていた。

「僕は明日、ひどいことをするんです」

きっと誰かが泣くだろう。なにもかもが、ケイの思い通りになったとしても。ケイにだって、伝言の正しい方法がわからない。

「嫌ならやめればいい」

と、野ノ尾は言った。

「そういうわけにもいかないんです。やめたところで、結局嫌なことは残るから」

「別の手段はないのか？」

「あるかもしれません。でも、僕には思いつかない」

「誰かに頼ればいい」

「貴女を頼ってもいいですか？」

「私になんとかできるなら。無理そうならやめてくれ」

風が吹いて、心地よかった。ケイは首を振る。

「実は、あんまり罪悪感もないんです」

でも本当は、もっと別のことをして過ごしたい。猫を助けるような、誰にとっても幸せなことがいい。

「ならどうしてここに来たんだ？」

「高いところに登りたかったんですよ、本当に。遠くを眺めたかったんです」

でも結局、目の前のことしかみえていない。明日が嫌で仕方がない。

野ノ尾は表情を変えずにささやいた。

「つらいなら、素直につらいといえばいいのに」

「だいぶ素直にいってるつもりだけど」

「それなら、春埼にいえばいい。彼女はきっと喜ぶよ。そして私よりも的確な答えを知っている」

「実は、それが嫌だったんです」

ケイは大きく体を伸ばしてから、立ち上がった。いったい何をしているんだろう。まったくバカバカしい。こんなの八つ当たりじゃないか。

「もういいのか？」

尋ねられて、ケイは頷《うなず》いた。

「はい。今度はシュークリームを持ってきます。マヨネーズがついたたこ焼きの方がいいですか？」

「気分次第だが、シュークリームの方が嬉しい確率が高い」

それから彼女は、にやりと笑った。

「また来いよ。弱っている君をみるのは、そこそこ楽しい」

「自慢じゃないけど、たいてい僕は弱ってますよ」

なにかが理想通りの結末を迎えた記憶なんて、そうありはしない。

＊

春埼美空は夕暮れの街を、神社に向かって歩いていた。

途中、アパレルショップの前で足を止め、ショーウインドウと向き合う。中の商品に興味はない。ガラスの表面に映った、自分の姿をみようと思った。でも光の加減なのか、ガラスに何か特殊な加工を施しているのか、あまり鏡としては機能しない。春埼は今、淡い紫色の生地の浴衣《ゆかた》を着ていたけれど、ぼんやりとしたシルエットしかわからない。

昨夜、丁寧にアイロンをかけたから、問題はないはずだ。でも一応腕を伸ばして、袖《そで》の辺りを確認してみる。まったく、なにをしているんだろう。もしここで問題がみつかったとして、有効な対処法があるわけでもないのに。待ち合わせに遅刻するなんて考えられない。

唯一心残りなのは髪留めだった。昨日、放課後に髪留めを買おうと歩き回ったが、しっくりくるものがみつからなかった。数軒回ってもいまいち納得がいかなくて、結局なにも買わずに帰宅した。ファッションに興味を持って、まだ日が浅い——今でもはっきり興味があるとは言いづらい——から、知っている店の数も多くはない。

覚悟を決めて、待ち合わせ場所に向かう。石段の前には、もうケイが立っていた。

「お待たせしました」

と、声をかける。彼は笑って答えた。

「一〇分も早いよ。することがないから、ちょっとぼんやりしてた」

「そうですか」

時間があるなら、ざっと辺りをみてくればいいのに。とはいえ春埼自身も、自分一人でお祭りを見て回ろうとは思わないけれど。

「さっき、野ノ尾さんとたこ焼きを食べたよ」

「野ノ尾さんも来ているんですか？」

「お祭りに参加するつもりはないんじゃないかな。上の社で、猫に囲まれてた」

春埼は意識して、不機嫌そうな表情を作ってみせる。

「最近、よく女の子と一緒にいますね」

「明日も村瀬さんに会いに行くよ」

「私もついていきますよ？」

「うん。そうしてくれると嬉《うれ》しい」

なんとなく珍しい言い回しで、少し違和感があった。ちょうど黄昏《たそがれ》時で彼の表情はよくわからない。

「浴衣、よく似合ってるよ」

と彼は言う。

「ありがとうございます」

砂糖が溶けるように自然に、春埼は笑う。

「これも似合うといいんだけど」

そういって、彼は小さな紙袋を差し出した。とりあえず、受け取る。

「なんですか？」

「簡単にいえば、贈り物」

驚きだった。春埼自身、理由もわからず息を止めて、そっと紙袋を開いてみる。中身をみてもう一度驚いた。

シンプルな、深い赤色の髪留めだ。それは理想通りの髪留めだった。昨日はどこを探してもみつからなかったのに。――みつからなくてよかった、と思う。自分で買うのとケイにもらうのとでは、まったく意味が違う。

「どうして？」

いや、どうしてでもいいのだ。そんなことは問題ではない。

春埼は慌ててお礼を言って、髪留めをつけた。まったく、なぜ手鏡を持ち歩いていないのだろう。教室で化粧しているクラスメイトをみて呆《あき》れている場合ではなかった。もっと色々な事態に備えるべきだったのだ、本当は。

「おかしく、ないですか？」

おそるおそる尋ねてみる。ケイは軽く頷いた。

「うん、いいんじゃないかな」

春埼は笑う。本当に嬉しかった。心の底から。

どこか冷静な部分では、このプレゼントに疑問を持っている。彼が理由もなくプレゼントをくれるのは、極めて稀《まれ》だ。缶ジュースを買ってくれることなんかは珍しくないけれど、そういうのは別にして。ちゃんとプレゼントらしいプレゼントを、誕生日やクリスマス以外にもらうのは、これで二度目だった。

なにか理由があるのだろうと思う。同時に、まぁいいか、とも思った。理由なんてどうでもいい。

「お参りしていこっか」

言って、ケイは石段を上りだす。春埼も彼の隣に並んだ。思わず鼻歌を歌いだしそうになったけれど、なんとか自制する。

賽銭《さいせん》箱に小銭を放り込み、手を合わせてから、ふと疑問を覚えて尋ねる。

「ここには、どんな神さまがいるんですか？」

ケイは手を合わせたまま、小声で答える。

「僕も知らない。なんにせよ、いつもありがとうございますみたいなことを考えておけばいいんじゃないかな」

春埼は頷き、その通りにした。ついでに五円玉一枚ぶんのお願いごとを考えてみたけれど、上手《うま》く思いつかなかった。

それから人混みに巻き込まれないようふらふらと歩き、午後七時を回って、ようやく太陽が沈んでからりんごあめを買った。

暗くなってからのお祭りが好きだ。屋台が安っぽい光に包まれている。それを反射して、りんごあめの表面が、仄《ほの》かに輝く。とても綺麗《きれい》。

春埼はゆっくりりんごあめを食べた。金魚すくいの屋台を眺めて、少し迷ったけれど、すくえたところで後が面倒なのでやらなかった。ケイが風船釣りをして、ひとつ取った。二つ目はひっかける部分が水中に沈んでいる、明らかに無理そうなものを狙って失敗した。ひとつで充分だと思ったのだろう。

春埼がりんごあめを食べ終わり、両手が空くと、彼は水風船をくれた。指に嵌《は》めて、ぽしゃんぽしゃんとついてみる。中で水の揺れる感触が心地いい。

たこ焼きを食べて、ラムネを飲んだ。

射的をしたけれど、なにもとれなかった。

ケイは笑っていた。彼が人混みを嫌うことは知っている。早めに「そろそろ帰りましょうか」と提案する予定だったけれど、つい言いそびれてしまった。

幸せだった。色々なことがどうでもよくなるくらい。

一通り楽しんで、だいたい満足した頃に、ケイは言った。

「明日、頼みたいことがあるんだ」

その雰囲気から、あまり良い話ではないだろうということがわかった。髪留めのことを思い出して、なんだか緊張する。だが、どんな内容であろうとケイの指示には従う。そんなことは決まりきっていた。

彼はゆっくりと落ち着いた口調で語る。明日、目の前で起こることのすべてを。

ひどい話だった。春埼は頷くのに、ずいぶん時間がかかった。

＊

人が過去をもっとも意識するのは、ベッドに入り目を閉じてから寝入るまでの時間ではないか、とケイは思う。そこには記憶と空想しかない。でも空想にすべてを委ねるのは夢に落ちてからの話で、それまでの意識は、過去の記憶が支配する。

ベッドの中で、ケイはある出来事を思い出していた。いや、思い出すという表現は正確ではない。ケイは過去を忘れない。ケイの能力が、それを許さない。

頭の中で再現されているのは、およそ二年前のある日のことだ。秋の深まったころ、彼女が死んだ少し後だった。

「すべて、予定通りだ」

と、記憶の中のケイは言った。なにもかもを勘違いしていたころの自分の声というのは、聞いていて気分のいいものではない。きっと子供のころ自作してテープに吹き込んだ歌を、一〇年くらい経ってから聞くようなものだと思う。恥ずかしさに身悶《みもだ》えしそうになるけれど、事実は事実として受け入れるしかなかった。完全に忘れてしまって、同じ失敗を繰り返すよりはずっとましだと考えることにする。

「僕が一言指示を出せば、それで貴方《あなた》たちの負けが決まる」

そう言ったケイの後ろには、ふたりの女の子と、ひとりの少年がいる。女の子のうち片方は春埼美空だ。ケイは振り返る必要もなく、彼女がどういった表情をしているのか理解することができた。――それは完全な無表情だ。当時の春埼は、それ以外の表情を持たなかった。今だって彼女の表情のバリエーションは、多いとは言えないけれど、それでも当時よりはずいぶん多彩になったと思う。

ではあの時のケイ自身は、どんな表情を浮かべていただろう？　これもケイにとっては考えるまでもないことだった。きっと笑っている。自分は強いと思い込んでいて、なんでもできると信じきっていて、当然のように笑っている。他人事《ひとごと》ならああはなりたくないものだとため息をつくところだけど、それが過去の自分なのだから顔をしかめるしかない。

笑みの先には数人の管理局員がいる。ケイの目的はその内の一人、いちばん後ろにいる二〇代半ばの女性だった。彼女は「索引さん」と呼ばれている。管理局が持つ、膨大な咲良田の能力に関する情報すべてにアクセスする権限を持つ女性だ。

彼女は言う。

「君、自分がなにをしているかわかっているの？」

当時のケイは頷《うなず》く。

「もちろん」

索引さんは即座に否定した。

「いいえ。管理局に敵対することの意味を、本当に理解しているのなら、そんな馬鹿げたことをするはずがない」

「どうかな。管理局が本当に優秀な機関なら、そもそもこんな事態にはならなかっただろうと、僕は思うけれど」

「こんな事態？　今の君たちに、どれだけの力があるっていうのよ？」

ケイは軽く首を振った。

「つまり僕が言う『こんな事態』とはね、索引さん。この状況でも、ここまで決定的な状況でも、貴女《あなた》がそんなに悠長なことを口にしている事態を指すんだよ」

索引さんは少しだけ眉《まゆ》をひそめた。そしてこちらをゆっくり見まわす。

「私は君たちの能力をすべて知っている。面白い編成だけど、私たちの能力がそれに対抗できないと思っているの？」

「もちろん。僕は貴女たちの能力をすべて知っている。そしてこれから貴女たちがとる行動もすべて。失敗する余地がない」

どういうことなのか、索引さんは尋ねなかった。

ケイも言葉を止めない。

「今日、この時間にこの場所で、僕と貴女が会うのは二回目だ。リセットしたんだよ。僕はすべて覚えている。実のところこの会話だって、その時に交わしているんだ。一言一句違《たが》わずに、まったく同じ事を喋《しゃべ》る貴女は——そうだね、少し滑稽《こっけい》だ」

「リセットしたなんて話されると、私たちの対応も変わらざるを得ないわね」

「前の世界でも同じ話をしているよ。嘘をついたんだ」

「馬鹿みたいね」

「うん。そう言われることも知っていた」

ケイは笑みを大きくする。

「貴女たちは、前の世界と違う行動を取れるかな？　ゆっくり悩んでみるといい。自分たちならどうするか。それにこちらがどう対応するか。その裏をかくにはどうすればいいか。悩んで悩んで出した答えが、きっと前の世界で貴女たちの取った行動だよ」

長いあいだ、索引さんはこちらをみていた。

それから、ぽつりと言う。

「君の目的はなに？」

それはケイが待ちわびていた言葉だった。理由はなんであれ、相手がこちらの話を聞こうとしてくれるならそれでいい。本来なら、管理局はそんなことを尋ねてはならないのだ。明確にこちらが悪者なのだから。無言で殴りかかってくればいい。

なのに、彼女は尋ねた。わずかでも譲歩した。すべて順調だ、と当時のケイは思っていた。

「女の子を生き返らせたいんだ。それができる能力を探している」

――でも、そんなものはどこにもなかった。

少なくともケイの目が届くところには、どこにも。ただこの質問のためだけに何人も巻き込んで、恐喝のような方法まで使って管理局員たちを調べて、おびき出して、暴力的な方法も厭《いと》わず、後先もなりふりもかまわずに、だけど。

咲良田に、死者を生き返らせる能力は存在しなかった。

ケイは――ベッドに寝転がり、じっと過去を受け入れている現在のケイは、静かに考える。あるいは村瀬陽香は、兄を生き返らせたいのかもしれない。

でも、管理局を支配したとしても、そんなことなどできはしない。

6　七月一六日（日曜日）――新しい日

七月一六日、日曜日。よく晴れた空に、ケイは飛行機雲をみつけた。

小さい頃に比べて、飛行機雲をみつける確率がずっと低くなったような気がする。そういう種類の飛行機が、最近あまり飛ばなくなったのだろうか。それともただ、空を見上げることが少なくなったのだろうか。

久しぶりに腕に巻いた時計に目をやる。一一時四三分、七秒、八秒。秒針が進んでいく。時間は正確だ。今朝時報を聞きながら合わせたから間違いない。正確な一秒間は、思い描いていたよりも少しだけ長かった。

ケイは春埼と共に、河原に立っていた。日差しは強い。予報によれば、今日は真夏日になるだろう、とのことだった。秒針が真下を指したころ、石を踏む音が聞こえて、村瀬陽香が現れた。

「いい天気ですね」

と、ケイは村瀬に声をかける。彼女は楕円《だえん》形のレンズの向こうから、まっすぐな瞳《ひとみ》でこちらを睨《にら》みつけている。何度もみた目だった。

ケイはもう一度、空を眺めた。飛行機雲は山や川と同じように、安定してそこに浮かんでいる。もう少ししたら消えてしまうなんて、きっと誰も信じない。空を見上げたまま、ケイは尋ねる。

「どうしても聞きたいことがあったんです」

「なによ?」

「リセットをしなければ、あの猫は本当に事故に遭っていたんですか?」

猫の事故は、リセットで消えた。ケイは事故を確認していない。なら世界中でそのことを知っているのは、おそらく村瀬だけだ。

硬い口調で彼女は言う。

「どうでもいいわ。そんなこと」

「いえ」

ケイは首を振り、正面から彼女の瞳をみつめる。

「大切なことですよ。なによりも、大切なことです」

村瀬陽香は、飛行機雲ほど安定しているようにはみえなかった。初めて顔を合わせたときから、彼女の硬く、まっすぐな視線は、ある種の脆《もろ》さを内包しているように感じていた。前だけをじっとみていたなら、空の飛行機雲もみつけられない。

「どんな意味があるっていうの？」

「僕がこの数日間に満足できるのか、できないのかが決まります」

「つまらないことにこだわるのね」

彼女はわずかに口元に力を込めて、答える。

「事故は本当に起こった。猫は死んだ。――これで満足？」

「はい。ありがとうございます」

ケイは微笑む。

それから、心の底から、言った。

「手を組みましょう、村瀬さん。僕たちは今から、仲間になりましょう」

元々は、村瀬の方から提案してきたことだ。なのに彼女は、不満げな様子で眉をひそめる。

「本気で言っているの?」

「もちろん、本気です。でも」

「でも、なによ?」

彼女の声は、棘《とげ》があるというよりは、もっと自然にざらついていた。やすりがかかっていないような、感情が滲《にじ》む声だった。無理に言葉に当てはめるなら、怯《おび》えているような。思い返せばずっと、彼女はそんな声で話していたような気もする。

「僕はまだ、貴女を信用していないんです。貴女が管理局よりも強いと、確信を持てないんです」

「私の能力は最強よ」

こちらを睨みつける彼女に、ケイは微笑んで返す。

「なら、テストさせてください」

断られはしないだろう。彼女は自分の能力に自信を持っている。一方で、本心からケイたちを求めている。非通知くんと皆実のことがあるから、リセットはどうしても欲しいはずだ。それにきっと、独りきりで管理局と戦えるほど、意志が強いわけじゃない。

あるいは異常じゃない。

彼女は長い時間、じっとこちらを睨んでいた。その表情に見慣れてくると、彼女の怒りや苛立《いらだ》ちは、ただ拗《す》ねているだけに思えてくる。よくみれば村瀬は童顔だった。

「なにをさせるつもりなの？」

「貴女の得意なやり方ですよ。能力を使って、勝負しましょう。相手にギブアップと言わせた方の勝ちです」

村瀬は顔をしかめた。

「あんた、馬鹿なの？」

きっとそうなのだろう。ケイは答えず、首を傾げてみせる。

彼女はしかめた顔のままで言う。

「ともかく、あんたに勝てば、仲間になるのね？」

きっと彼女は、こちらが頷《うなず》くと思っている。確認というより同意させるために質問している。そんな小さな安心感を拾い集めたがる、繊細な心理を彼女は持っている。

けれどケイは首を振る。

「違いますよ、村瀬さん。テストの結果なんかに関係なく、僕たちは手を組みます。でもね、もし貴女《あなた》が僕にも勝てないようなら、管理局に勝てるはずがない。やり方を変えなければならない」

「なにが、言いたいの？」

「貴女が勝てば、僕は貴女に従う。でも僕が勝てば、貴女には僕が考える方法で管理局を倒してもらう」

「つまりリーダーを決めようってこと？」

「そう考えてもらってかまいません」

村瀬はしばらく、沈黙した。ケイはちらりと時計をみた。

「あんたの考える方法って、なによ？」

「完璧《かんぺき》な作戦があります」

ケイは大げさに笑ってみせる。

「村瀬さんにはまず、学校に来てもらいます。そして真面目な生徒として、学生生活を送る。奉仕クラブにも積極的に参加して、管理局にはちっとも疑問を抱かせず、優等生として卒業して——大学には、進んでも進まなくてもかまいません。ともかくどこかのタイミングで、管理局に就職しましょう。そして内部から、ひとつずつ議論して、管理局のルールを変えていく」

つまり彼女のお兄さんと同じやり方だ。もし彼が事故で亡くならなければ、村瀬も同じ方法を選んでいたのではないだろうか。

村瀬は一層強く、こちらを睨む。吐き捨てるように言った。

「あんたも結局、津島と同じなのね」

「まったく違う。貴女がテストに合格すればいい。簡単でしょ？」

村瀬はもう、顔をしかめなかった。じっとこちらを睨みつけていた。

「本気で言ってるのね？」

「もちろん」

だから嫌になる。本当にこれは正しいことなのだろうか。昨日から繰り返し考えたことだった。正しいわけがない。でも、やるべきだと決めたから、実行する。

「さっさと終わらせるわ」

小石を踏みつけて、村瀬がゆっくりとこちらに近づく。

ケイは笑みを浮かべたまま、手を銃の形にして彼女に向ける。

「春埼、セーブ」

コールしてから、ぱあんと銃を撃つマネをする。

それを合図に、村瀬が歩みを速めた。

「七月一六日、一一時四八分、一七秒です」

春埼の声を聞きながら、ケイはゆっくり笑みを消した。

村瀬は躊躇《ためら》いのない足取りで目の前まで近づいて、コールする。

「人差し指の爪、人体」

言い終わると同時に、彼女は右手を突き出す。半歩下がれば避けられただろう。でもケイは、手のひらでそれを受け止めた。激痛が走る。村瀬の指が、皮膚に突き刺さっている。彼女があまり爪を伸ばしてなくてよかった。それでも血が流れ出し、手首まで垂れる。生ぬるくて気持ち悪い。

ケイは表情を変えないように注意して、言う。

「こんなものより、ナイフの方がずっと怖い」

村瀬は目を見開いて、数歩後ずさった。血のついた自分の右手を眺めている。そのあいだにケイも少しだけ距離を取る。

「もう止めなさい」

と、村瀬は言った。

「どうして？　まだ始まったばかりです」

右手、人体――と、彼女はコールし直した。

「次は手首までなくなるわよ？」

「それは大変ですね」

ケイはさらに距離を取る。時計に視線を向けた。一一時四九分一五秒。時間の進み方が遅く感じる。

村瀬はまた一歩、足を踏み出した。だが、ケイが口を開くだけで二歩目は止まった。

「どうして僕たちに、猫を助けて欲しいと依頼したんですか？」

彼女は人を傷つけることを怖れている。時間を稼ぐのは、難しくない。

律儀に、彼女は答えた。

「昨日も言ったでしょ。リセットを私の能力で打ち消せるのか、試してみたかった」

「それは嘘です」

自信を持って、ケイは断言する。

「貴女は本当に、純粋に猫を助けたかったんだ。そうでなければリセットをしたあとにわざわざ猫を探しに行ったりしない。自分の部屋に連れて帰って、背中をなでたりしない」

今度はケイの方から、村瀬に近づく。

「水曜日、壁の穴はふたつの時間帯に目撃されています。川原坂の周辺でみつかったのは、午後七時ごろ。これは貴女が、非通知くんを捜していた時間です。もう一方は商店街の近くの公園で、午後三時ごろ。あの猫がいた公園です。貴女は非通知くんを捜しにいくよりも先に、まず猫を確保した。なによりも猫を優先した」

ケイは初めから、村瀬の依頼に不信なものを感じていた。それでも依頼を断ろうとは思わなかった。一匹の猫が救われるなら、それは幸せなことだから。ただそれだけで、あの依頼を投げ出すわけにはいかなかった。

その判断は間違っていなかったと、今なら確信できる。彼女を疑ったことに、罪悪感さえ覚えている。

「ねぇ、村瀬さん」

できるだけ感情的にならないように注意しながら、ケイは呼びかける。

「僕たちは初めから、手を組んでいたんだ。もう僕たちは一緒に、あの猫を助けているんだ」

それだけで、この少女と顔を合わせたことには、意味があったのだとケイは思う。同じようにすればいい。これからも、ずっと。

「そんな話を、してるんじゃない」

村瀬の声は小さかった。でも悲鳴のように聞こえた。彼女は右手を振り上げる。ケイの頬を叩《たた》く軌道でそれは近づいてくる。でも、とても遅い。ケイは恐怖心を抑えてぎりぎりのタイミングで、身を捻《ひね》った。村瀬は目を見開いていた。——当然だ。ほんの少し触れるだけで、こちらは死んでしまうのだから。

空中で止まった彼女の腕をつかむ。怖かった。彼女がコールした「手」というのが、どこまでを指しているのかわからない。でも手首より七センチほど手前は、彼女の能力が定義する手ではないようだった。

目の前で、ケイは続ける。

「貴女がなぜ、二度目のリセットで記憶を失ったのか、わかりますか？」

「たまたまよ。私はそれほど、リセットを警戒していなかった」

「村瀬さんの能力の効果時間は、ちょうど五分ですね？　それよりも、長くも短くもない。一度使うと解除できず、効果時間が終わると使い直さなければならない」

それくらい、彼女の行動をみていればわかる。

「だから、なんだって言うのよ？」

「効果時間が五分では、たとえば貴女が眠っているあいだにリセットすれば、それを打ち消せない」

村瀬はケイの手を振り払い、無理に笑う。

「それが私の弱点だって話？　つまらないわね」

ケイはまるで村瀬みたいに、まっすぐに彼女をみる。

「貴女はきっと、そんな勘違いをしているんだろうと思ったんです。でも違う。あのとき、僕たちは貴女の目の前で、リセットを使った。リセットの直前、貴女が能力を消すためにコールしたのを、僕は聞いています」

村瀬は首を振る。

「あり得ない。一度目は、確かにリセットを消せた」

「ええ。本来なら、あり得ない」

リセットと村瀬の能力の優劣は、すでにはっきりしている。彼女は確かにリセットを消せる。効果が矛盾した場合、村瀬の能力が優越する。管理局の評価基準を使うなら、リセットよりも村瀬の能力の方が、強度が高い。リセットの後、彼女の能力でつけられたケイの右手が治っていたけれど、それはふたつの効果が矛盾しなかったからだ。なんでも貫く矛に対し、あらゆる攻撃を防ぐ盾は矛盾するが、どんな傷でも治す薬であれば矛盾はない。傷つき、治る。それだけだ。

でも二度目のリセットの直前、彼女はリセットを消そうとした。全身、能力——と、彼女がコールした声を覚えてる。効果が矛盾したなら、リセットは消え、彼女の記憶は残るはずだった。

「あのとき、どうして貴女と僕たちが、一緒にいたかわかりますか？」

「知らないわよ。どうせ、津島がなにか企《たくら》んだんでしょ」

「まったく違う。貴女の方から、僕たちに会いに来たんです」

目の前の村瀬にはきっと、想像もできないだろう。自分自身の心理だとしても、実際に体験してみなければ、彼女には受け入れられないだろう。

「貴女は、僕たちを殺すと言った」

記憶の中で、あの村瀬だけが異質だった。いつも切実な村瀬が、いつにも増して切実だった。この脆《もろ》さを内包している少女は、あのときがいちばん、脆そうにみえた。まるで必死で、すがるようだった。

「貴女は自分がしたことで、皆実さんが死んだことを知ったんです。貴女が原因で、非通知くんが皆実さんを殺したことを、津島先生から聞いたんだ。だから、僕たちを襲った。必死に僕たちを脅して、リセットすればあの事件がなかったことになると思った」

村瀬陽香に、人を殺す理由はない。

それでもケイたちを襲ったなら、リセットが目的だ。

「嘘よ」

彼女はいつものように、こちらを睨《にら》む。まるで周囲から目を逸らすように、ただまっすぐに前だけをみる。

「だとしても、私がリセットの効果を受けるわけがない。あり得ない。全部、嘘よ」

違う。それこそが、真実なんだ。あのときリセットを消せなかったことが、この子の弱さの象徴なんだ。

ケイは言った。変に感情的にならないように気をつけながら。

「能力は、使用者が望めば発動する」

こんなものはルールとも呼べない、当たり前のことだった。

「望まなければ、発動しない。貴女はリセットを、打ち消したくなかったんだ」

村瀬陽香は、自分のせいで人が死んだことを受け入れられるほど、強くはなかったのだろう。ろくに知りもしない少女の死を、忘れてしまいたかったんだ。これ以上に自然な答えを、ケイには思いつけない。

「そんなはずない」

彼女は首を振って、またケイを睨む。

「一度起こったことを忘れて、どうなるっていうのよ」

「忘れられれば、悩みがひとつ減ります」

それは幸せなことだと思う。本当に。

村瀬は叫ぶ。

「私は、そんなに弱くない」

ケイは思わず、つぶやいた。

「どうして」

弱いのは、問題じゃない。

弱さとは感度だ。ある事柄について良好な感度が、弱さと呼ばれる。痛みに対する感度。恐怖に対する感度。そして悲しみに対する感度。

人は本来、悲しみに弱くあるべきだ、とケイは思う。悲しみの感度が良好だということは、つまりそれだけ優しいということだ。人の優しさには、無条件で肯定されるだけの価値がある。

なのに、どうしてだろう。本当に肯定したいのに。正しいと信じているのに、ケイはその弱さを打ち砕こうとしている。ひどい話だ。まったく、嫌になる。

腕に巻いた時計を見る。一一時五四分、三八秒、三九秒。

「ギブアップしてもいいですよ」

と、ケイは言った。

「どうして、そうなるのよ。あんたはただ逃げ回っているだけじゃない」

村瀬は「全身、人体」とコールした。

「これでもう、腕をつかむこともできない。あんたは私に、触れることすらできない」

「それは貴女も一緒でしょう」

「すぐに捕まえるわよ。あんたなんか」

ケイはため息をついて、首を振った。

「そういうことじゃない。貴女はその手で、僕に触れることができない。触れたら僕が死んでしまうから。それとも、時間がたてば元に戻るから、触れてみますか？」

　戻ったところで意味はないだろう。手のひらの傷はもう塞《ふさ》がっていた。しかし流れた血液は、腕に付着したままだ。たとえば胸に開いた大きな穴が、いずれ自然に埋まったとして、それまでに流れた血は戻らない。再び心臓が動き出すこともないはずだ。

「あんたなんか、どうなってもいいわ」

「なにを言ってるんですか。これは、僕たちが仲間になるためのテストでしょう？　殺しちゃったら意味がない」

「もういい。仲間なんていらない」

「だめです。僕は貴女の仲間になります」

　ケイは笑う。最低だ、と思った。それでも続ける。

「ほら、貴女の能力が、管理局に逆らえるくらい優秀なら。さっさと僕に、ギブアップさせてみせてくださいよ」

　村瀬はこちらに手を伸ばす。ケイはその手をかわして、距離を取る。彼女の動作は、また一段と緩慢になっていた。巣から落ちた鳥の雛《ひな》をそっと手のひらに抱くような怯《おび》えが、全身にまとわりついていた。

　意地になったように、繰り返し彼女はケイに向かって手を伸ばす。本心では彼女が望む通りに、ケイはその手をかわし続ける。それはひどく簡単な作業だった。こちらの反応が遅れるたびに、彼女の方で手を止めてくれるのだ。強力な能力を使うほど、彼女の動きは制限される。彼女の心が、制限になる。

時計を確認すると、一一時五五分を回っている。目的はほぼ達成した。

「貴女は、なんの力も持ってないんだ」

ぎこちないダンスみたいに、彼女と向き合ったまま言葉を投げかける。

「人を傷つけるための力を、人を傷つけることに使えないのなら、そんなものないのと変わらない」

「違う。私は昨日、あの女の子を斬った」

「そうですね。皮をほんの少しだけ。そんなこと、ペーパーナイフにだってできる」

「手加減しただけよ」

「手加減せざるを得ないなら、それが全力ですよ」

時計は回り続ける。すべて、予定通りに進行している。

「あんたたちの力なんて、初めからなにもできないじゃない」

「そんなことはない」

ずっとひどい。二年前、ひとりの少女を殺した。これから、村瀬陽香に治らない傷をつける。

足元には、血がついた石があった。手のひらから流れた血だ。初めに立っていたところまで戻ってきたようだった。時間は一一時五六分一七秒。ちょうどいい頃合いだ。

ケイは、その場に転倒する。足をすべらせて、地面に背中を打ちつける。

「動くな」

と村瀬が言った。映画なんかでよくある、動くと撃つ、という奴ではない。もっと優しい警告だろう。危ないから動かないで。両足がケイの身体をまたぐ。

彼女はケイの顔を覗《のぞ》き込んだ。

「つかまえた」

ケイは首を振って、春埼をみる。

少し離れたところに立つ彼女は、無表情ではなかった。悲しげにこちらをみていた。

ごめん、と胸の中で謝る。無意味だとしても。

「春埼――」

ケイが彼女の名前を呼ぶのと同時に、村瀬がコールする。

「全身、能力」

こちらを覗き込む村瀬の顔も、やはり悲しげだ。――ねぇ、ふたりの女の子を悲しませることが、正しいはずなんてないだろう？　僕はいつだって、なにかを間違い続けている。

村瀬は言った。

「リセットは無意味よ。状況は変わらない。気づいてた？　ここ、セーブしたときにあんたが立っていた場所だもの」

村瀬はもう、コールした。彼女はリセットの影響を受けない。たしかにリセットを使ったところで目の前にケイが現れるのなら、その対処は容易だろう。

ケイは答える。

「違いますよ。二歩、ずれています」

村瀬の表情に、苛立《いらだ》ちが走る。

「それがなんだっていうのよ？　リセットしたところで、あんたが現れるのは一歩踏み出せば手の届く範囲だわ。リセットしたすぐ後に、私は攻撃できる」

「本当に？」

「一度発動した能力は、五分間消えない。そのあいだにまた使えば、能力の効果は消えることがない」

「そうじゃない。そんなことは知ってます。貴女《あなた》は本当に、攻撃できますか？」

ずっと、その話をしているんだ。

能力の強弱ではなくて、一連の出来事の真相ではなくて、正しい管理局の在り方ではなくて。村瀬陽香の話を、しているんだ。

彼女は返事の代わりに、ケイの顔に向かって右手を伸ばす。彼女は気づいているだろうか？　自身の、恐怖に引きつった表情に。その胸の鼓動も聞こえてくるような、悲愴《ひそう》な表情に。

人差し指が、ケイの前髪に触れる。音もなくそれが消える。皮膚と皮膚の距離はもう一センチ程度だ。もちろん彼女は、そこで手を止める。

「まだ、あんたはくだらないことを喋《しゃべ》れるかしら？」

手のひらで隠されて、村瀬の表情はみえなかった。みるまでもない。彼女の細い首筋を汗が流れて、涙のように落ちた。

「ひとつだけ。伝えておくことがあります」

吐く息までは消えないのだろう、ケイの声に合わせて、村瀬の手が震える。

「津島先生から聞いていますか？　僕が指示しなければ、春埼はリセットできない」

「それが、一体――」

「村瀬さん。ギブアップしても、いいんですよ」

言って、ケイは覚悟を決める。

最期に考えたのは、春埼美空のことだった。これまでみてきた、彼女の様々な表情を順番に思い出した。それから胸の中でもう一度、ごめんなさいとつぶやいた。

息をとめて、ケイは身体を起こす。

結末がわかりきっていたテストを、予定通りに終わらせる。

目は閉じなかった。

＊

浅井ケイが死んだのは、一一時五八分、四七秒だった。

彼が身体を起こし、その頭が村瀬陽香の右手に触れた。すぐにまたその身体は倒れ、嘘のように赤い血が、大量に噴き出した。目の前で、村瀬陽香だけが赤に濡《ぬ》れないまま震えていた。彼女の能力は血の一滴まで消し去る。

春埼美空は、そのすべてを眺めていた。一時も目を離さずに、彼が死ぬ瞬間を見守っていた。なにもかもが彼の計画通りに進行した。

やがて村瀬の頰を涙が伝う。全身を震わせて、彼女は泣く。でも声は聞こえない。必死に嚙《か》み殺しているようだった。なんて無意味なんだろう？　素直に泣きわめけばいいのに。彼女がなにを考えているのかわからない。

春埼は唇を嚙む。

全部リセットして、消し去ってしまいたかった。早く。早く。早くこんな感情を忘れてしまいたい。つまりは、ケイを恨むような感情を。

どうして彼が、村瀬陽香のためにここまでしなければならないんだ。彼女がどうなろうと、関係ないはずだ。少なくとも春埼にとっては、昨日のお祭りの方がずっと重要だった。なのにその帰り際に、ケイはこのことについて話した。

村瀬は泣き続けている。春埼は彼女から目を逸らす。

かわりにじっと、時計をみる。一一時五九分、四九秒、五〇秒。

秒針は進んでいく。ゆっくりと、ゆっくりと。

五一、五二。

いつのまにか、その秒針が歪《ゆが》んでいる。

秒針だけではなかった。視界のすべてが歪む。
五三、五四。
どうやら春埼は、泣いているようだった。

どうして？　必要もないのに。
五五、五六。
この無価値な時間を終わらせたかった。

はやく、彼の声が聞きたかった。
五七、五八。
彼と会話をしたかった。

彼に、文句を言ってやりたかった。

五九。

胸の中の理解できない感情なんて、みんな消え去ってしまえばいい。

遅い遅い秒針がようやく、つまらない魔法が解ける時間を指す。同時に、ぴんぽんぱん、と中野智樹のふざけた声が聞こえた。

――七月一六日、一二時をお知らせします。よう春埼、元気か？　ケイから伝えたいことがあるらしい。愛の告白かもよ？　覚悟して聞いてくれ。

その無意味なメッセージのあとで、彼の声が聞こえた。

「リセット」

たったひと言。それだけで世界が、意味を取り返す。

一一時四八分一七秒が戻ってくる。なにもかも、なにもかも、流れた血も春埼の心も巻き込んで、一一時四八分一七秒を復元する。

ただひとり、村瀬陽香だけが一二時ちょうどに取り残されていた。

＊

「七月一六日、一一時四八分、一七秒です」

と、春埼が言う声が聞こえた。

浅井ケイは手を銃の形にして、河原に立っていた。

すぐ目の前に村瀬がいた。ほんの二歩ぶん離れたところだ。彼女はよろめいて倒れ込み、そのまま泣き出した。みんな予定通りだとしても、幸福な結末にはみえなかった。

ケイはできるだけおどけた声で、ぱあん、と銃を撃つふりをした。村瀬は本当に銃声を聞いたように体を震わせ、こちらを見上げた。

彼女の目が大きく開かれる。涙が零《こぼ》れ落ちた。まるで無垢《むく》な、幼い子供みたいな顔だった。ケイは何通りかのセリフを考えていたけれど、結局、なにも言うことができないままその場に座り込む。たった二歩だけ向こうに村瀬がいる。それは手を伸ばしても、ぎりぎりで届かない距離だ。

泣いてかすれた声で、村瀬がささやく。それはきっと、決して聞き洩《も》らしてはいけない言葉だったのだろうと思う。でも、ケイにはそれを聞きとることができなかった。聞き直すのも違うような気がして、ケイは言った。

「大丈夫、僕は生きています」

村瀬はほとんど反応しない。ほんのわずかに頷《うなず》いた気もする。彼女はまだ、涙を流し続けている。

足音が近づいてきて、顔を上げると春埼がいた。

ケイは、彼女をじっとみつめる。

「ごめんね」

春埼は困った風に、首を傾げた。

「私は、何も覚えてませんよ」

「うん。でも、ごめん」

しばらく、彼女はこちらをみていた。やがて小さな動作で、ゆっくりと頷いた。

「なにか飲み物を買ってきます」

ケイは、じゃあアイスコーヒー、と答えた。軽く頷き、春埼はこちらに背を向けた。

河原には、ケイと、村瀬だけが残る。ふたりは長いあいだ、無言だった。ケイは空を見上げた。まだ飛行機雲はそこにあった。

このまま、眠ってしまいたい気分だ。色々なことを投げ出して。でも、きっと、なにかを言わなければならないんだと思う。いったいなにを？ 簡単にはみつからない。

悩んでいると、かすれた声が聞こえた。よかった、今度は聞き洩らさなかった。村瀬陽香は、ギブアップ、と言った。

ケイはいちばん伝えたいことを、とにかく口にする。

「あの、灰色の猫。元気にやってますよ」

僕たちはあの猫を助けられたんだ、とまた考えた。本来なら、能力は誰かを悲しませることなく、なにかを救えるはずなんだ。

「野ノ尾さんを知っていますか？ よく彼女と昼寝をしています。神社の上の、小さな社で。本当に平和そうなんです。あそこに行くたびに、幸せな気分になる」

村瀬の、途切れがちな声が聞こえる。

「それが、どうしたっていうのよ」

たしかに具体的な意味はない話だ。でも。

「あの猫を助ける依頼を受けたとき、僕は嬉《うれ》しかったんです。本当に、心の底から、幸せだったんです」

今日、この河原に来たのは、こんな話をするためなんだ。村瀬を説得するためではなくって、もちろん泣かせるためではなくって、もっと。本当に手を取り合って、ひとつの結末を目指すために、村瀬と交わすべき言葉はこういうものだ。

「ねぇ、村瀬さん。僕たちはこれから、そういうことばかりをしていきましょう。猫を助けて、犬を助けて、できるなら人を助けて。これからはそういうことに、能力を使いましょう」

村瀬は答えない。

「雨の日に、濡れている人がいたら、傘に入れてあげましょう」

じっと、うつむいている。

「迷子の子犬がいたら、一緒に母犬を捜して」

ケイは話し続ける。

「お腹を空《す》かせた猫には、ミルクをあげて」

話しながら、村瀬がこちらを向くのをじっと待つ。

「クリスマスにはサンタの恰好で、プレゼントを配ってもいいかもしれない」

彼女の口の形が、少しだけ変わったような気がした。もしかしたら、笑おうとしたのかもしれない。笑えないのに、笑おうとしたのかもしれない。

「とにかく、誰かと一緒に、幸せなことばかりやっていきましょう」

長い時間をかけて、村瀬は頷いた。

「そういう風なら、いいな」

「きっと、上手《うま》くいきますよ。あの猫みたいに」

「あなたには、できるんでしょうね」

「猫を助けたのは村瀬さんですよ」

「違う。リセットの力でしょ」

「でも、それを使わせたのは村瀬さんです。それに、誰かができればいいんですよ。僕たちは仲間なんだから」

みんな都合のいい話だった。

なにもかもが、都合よくいけばいいと思った。

「ねぇ、村瀬さん。握手しましょう」

彼女は、困ったように自分の手をみた。

ケイは微笑む。

「大丈夫ですよ」

もう充分、時間は経っている。彼女の手は、今はもう触れたものを消したりしない。ちゃんとなにかをつかめる、普通の手だ。小さくて柔らかい、女の子の手だ。それはきっと咲良田のどの能力よりも、ずっと便利で有意義なものだろう。

村瀬はゆっくりと手を伸ばした。ケイも手を伸ばして、それをつかんだ。ケイと村瀬の間には、二歩分くらいの距離があった。それは、両方から手を伸ばせば、簡単になくなる距離だった。

優しい力で握手をかわし、それから彼女は寝転がる。やっぱり彼女は、前だけをみていた。でもそうすれば、空を見上げることだってできる。

「あ、飛行機雲」

ささやいて、村瀬陽香は少しだけ笑った。

エピローグ

七月一七日は祝日だった。ケイはその日、なにもせずに過ごした。ただ春埼に会ってセーブするよう言っただけだ。

昼前から雨が降って、雷が鳴り、夕方ごろに降りやんだ。そして、梅雨が明けた。

翌日――七月一八日。

ケイはいつものように、屋上へと続く階段の踊り場を目指して歩いていた。津島に事情を説明するため、職員室に顔を出した帰りだ。そのせいで、少し遠回りしなければいつもの階段にたどりつけない。

一定の歩調で歩きながら、ケイはマクガフィンについて考える。

マクガフィンは今、ケイのポケットの中にあった。今朝村瀬が津島に返し、先ほど津島の手からケイに渡った。別に欲しいとは思わなかったが、拒否する理由も特にない。

結局、これはなんだろう。本当にただの小石なのか。その可能性は高いけれど、それならどうしてあんな噂が流れたのだろう。

考えてもわかることではなかった。あるいはこれは本当に、スコットランドのライオン捕獲器なのかもしれない。その可能性がないなんて、誰にも言いきれない。

廊下を進む。津島が担任をしている教室の前を通るとき、窓越しに村瀬陽香の姿がみえた。彼女は頬杖《ほおづえ》をついてこちらをみていたけれど、目が合うとすぐに視線を逸らされてしまう。

睨《にら》まれるのと、目を逸らされるのと。いったいどちらが大きな問題だろう、と考えながら、ケイは足を止める。

「どうです、久しぶりの学校は」

彼女は長い時間をおいて、どこかまったく別の方に顔を向けたままで、ぽつりと答えた。

「別に。約束だから、来ただけよ」

ケイはつい、笑いそうになるのをこらえる。

「昼食はもう済ませましたか？　まだなら、一緒にどうです？」

「春埼は？」

「もちろん一緒ですよ」

「なら、やめとく」

「仲間なんだから、遠慮しなくてもいいのに」

村瀬は、表情を歪《ゆが》める。あるいは彼女も、笑いそうになるのをこらえたのかもしれない。いつか村瀬の素直な笑顔をみることができるだろうか。

「やめておくわよ。きっと、あの子は嫌がるわ」

それは否定できないけれど。

「もしよければ、春埼と仲良くしてやってください。彼女、友達少ないから」

そう頼むと、村瀬は真剣な表情で頷《うなず》いた。結局最後まで、目を逸らしたままだった。

彼女とは手を振って別れ、さらに廊下を進む。階段を上って、教室から離れると喧噪《けんそう》も遠のいていく。野ノ尾の話を思い出した。ずっと遠くまで見渡せる、高い木の上に、野良猫みたいなあの子はいたのだろうか。

一歩ずつ階段を上り、踊り場を回る。過去の楽園には届かない。屋上は冷たい扉と鍵《かぎ》で閉ざされている。少しだけルールを破れば、その先に進むこともできるだろう。だが今はまだ、その必要も感じない。扉の手前に春埼がいる。膝《ひざ》に二つの弁当箱を重ねて、隣に水筒をおいて。

そっと目を閉じる。

記憶の中で、女の子が笑っている。

ケイは尋ねた。

もし伝える言葉が、悲しいものなら？

彼女は迷わない。

――伝え方を工夫するわよ。それが伝えるべきことなら、正しい方法で、正しい言葉を使って、正しく伝える。

それでも伝わってしまったら、相手は悲しくなるよ。

――そうね。でも私は、伝わらないよりはずっといいと信じている。ただ悲しいだけなら、そんな言葉、伝えるべきものじゃない。

正しい方法を、きちんとみつけられるかな。

――怯《おび》えなくても大丈夫よ。きっと、あなたなら上手くやれるわ。

そうできればいいな、とケイは思う。心の底から。

目を開けて、窓の外をみる。よく晴れていた。晴れの日は好きだ。

これからは、正しいことをたくさんしよう。春埼と一緒に、村瀬も誘って、他のみんなとも協力して。

悲しいことをひとつずつ消して、幸せなことをひとつずつ作っていこう。

最後の踊り場を回ると、春埼の声が聞こえた。

それはシンプルに、ケイの名前を呼ぶ声だった。

「猫と幽霊と日曜日の革命」了

本書は、二〇〇九年六月に角川スニーカー文庫より刊行された『サクラダリセット CAT, GHOST and REVOLUTION SUNDAY』を加筆・修正し、改題したものです。

猫《ねこ》と幽霊《ゆうれい》と日曜日《にちようび》の革命《かくめい》

サクラダリセット1

河野《こうの》 裕《ゆたか》

平成28年 9月25日 初版発行

発行者●郡司 聡

発行●株式会社KADOKAWA
〒102-8177 東京都千代田区富士見2-13-3
電話 0570-002-301（カスタマーサポート・ナビダイヤル）
受付時間 9:00～17:00（土日 祝日 年末年始を除く）
http://www.kadokawa.co.jp/

角川文庫 19925

印刷所●株式会社暁印刷 製本所●株式会社ビルディング・ブックセンター

表紙画●和田三造

ISBN978-4-04-104188-8 C0193